死にかけて全部思い出しました!!

登場人物紹介

イリアス

バーティミウスの護衛。
怪物に襲われていた
彼女を救い、そばに
仕えるようになった。

クリスティアーナ

第一王女。乙女ゲーム
「スティルの花冠」のヒロインで、
絶世の美少女。

バーティミウス

第二王女。乙女ゲーム
「スティルの花冠」の悪役で、
左足が悪い。前世はゲーム好き
な日本人女性だった。

エンデール
異国の皇太子。とある目的のため
バーティミウスを誘拐する。
乙女ゲームの攻略対象では
ないはずだけれど……？
サディ
エンデールの侍従。
左目に傷があり、
片眼鏡をかけている。
ジャービス
貴族。乙女ゲームの攻略
対象の一人。バーティミウス
の事を気にかけている。
タソガレ
謎の人物。
たびたびバーティミウスの
夢に現れる。
シュヴァインシュタイン
公爵。乙女ゲームの攻略対象の
一人。ゲームの王道ルートでは
ヒロインと結ばれる。

目の前の、豚のような顔をした怪物を見て、あたしはすべてを思い出した。

この場面を見た事がある。あの時は画面の向こうの出来事だったから大して衝撃は感じなかったけれど、今はそれが現実として迫っていた。

気づけば王家の森と呼ばれる森の中で、あたしは怪物たちに襲われていた。よく覚えていないけど、恐怖で腰が抜けたのか、地面に座り込んでいる。

相手のなまぐさい息がかかる。不気味というかぶっちゃけ醜悪《しゅうあく》な顔に……ぞっとした。

目が合った途端にわかったのだ。こいつらにとってあたしは、ただの餌《えさ》でしかないんだって。

小ぶりで骨っぽそうだけど、食べるところはそれなりにある、都合のいい獲物なんだって。

逃げなくちゃ。一緒に来ていたはずの近衛兵《このえへい》は、どうして一人も助けに来てくれないの。

泣きそうだ。泣いて助けが来るなら、どんなにみっともなくても泣きたいくらい。

……でも、わかってる。助けが来ない事なんて。

だって。

あたしは皆から嫌われていて、近衛兵たちにも見放されているから。

前世でプレイしていた乙女ゲーム「スティルの花冠《かかん》」の不細工な悪役。

そんなあたしがこうして怪物に襲われるルートはトゥルーエンドになるはずで、死んでも多少は可哀想だとプレイヤーに思ってもらえる。

ここであたしが死ぬから、ゲームのヒロインは本命の攻略対象である公爵様と仲を深めるのだ。

豚の怪物がニタニタ笑みを浮かべて、大きな武器を振り下ろそうとする。

そこであたしは現実に立ち戻った。考えるよりも先に、逃げなくちゃいけない。

だって、このままじゃ死んじゃうでしょうが！

必死に足を動かそうとするけど、全然動かない。焦りながら何度も「動け」と念じて、はっと思い出す。

あたしは……ううん、このキャラクターは左足が不自由な設定だった。一度座り込むと、誰かに手を貸してもらわなければ立てない。

「ふ……」

声が震えた。現状に対する怒りが湧いてきたからだ。

なんでこんな目に遭わなきゃいけないわけ？

「ふざけんじゃないわよ!!」

叫んだ拍子に、あたしの左足がぴくりと動いた。でも、それ以上は動かない。

いい加減にしろ、と自分の足に対して悪態をつきそうになる。

立てないのなら、何か別の手段で逃げるしかない。

考えろ。いや、考える前に、本能で逃げるんだ。

目の前の怪物が武器を振り上げる。

もうためらっている場合じゃないって、あたしは覚悟を決めた。

体を反転させて、どうにか怪物の攻撃をよける。

重いドレスが足に絡んで、転がった拍子に藪《やぶ》に突っ込みそうになった。

動かない片足が腹立たしい。

豚の怪物たちはあたしをいたぶるように、よけられるギリギリの速度で武器……棍棒《こんぼう》とかを振り下ろしてくる。

それらを紙一重でかわしたけれど、棍棒が顔の横をかすめた。

冷や汗が流れる。危うく死ぬところだった。

鳥肌が立つくらい怖い。泣きたいけど、そんな事をしたら涙で何も見えなくなる。

誰かに助けてほしい。でも絶対に助けは来ない。

だってゲームの中でも、助けてくれる人はいなかった。

無我夢中で棍棒を、斧を、刀を避ける。

普段のあたしには絶対にできない。でも死にたくないから、必死で動き続けた。

これが前世だったら逃げられた。あたしは足が速くて、百メートルでは負けなしだったのだ。

でもこんな動かない足では、走って逃げるなんて無理。それどころか立つ事も歩く事もできない。

そうして必死でよけているうちに、一本の木のすぐそばまで来た。

これにつかまれば立てるかしら。立てば、何か変わるんじゃや。そんな思いで木にしがみつく。

「動きなさいって言ってんでしょうが！」

自分の足に向かって怒鳴る。

苛立《いらだ》ち。焦り。いろいろぐちゃぐちゃになる感情。

でも立てば、起死回生のチャンスがあるかもしれない——そんな希望に縋《すが》って、動かせる方の足を使い、木につかまってなんとか立ち上がった。

ちらりと横を見れば、車椅子の残骸が転がっていた。一目見ただけで、どれだけ強い力で壊されたのかがわかる。多分、棍棒《こんぼう》で一撃だったんだわ。

——そうだ、あたしは車椅子を使っていたんだっけ。

ゲームでも、そういう設定だった。あたしは足が悪いから、健康なヒロインをうらやんでいた。次々と素敵な体験をするヒロインに嫉妬し、最終的には殺意を抱いたっけ。ヒロインを消してしまえば自分がその立場になれるかもしれないと考える、馬鹿な女の子の役だったのだ。

豚の化け物たちが、立ち上がったあたしを見て笑う。

ぞっとして、思わず腰が抜けそうになるけど、ここで座ったらまた転がって逃げるしかない。だからなんとか木にしがみついて、立ち続ける。

あえぐように息を吸う。目は涙でいっぱいだ。でも泣けない。泣いたら死ぬ。

涙目で豚の化け物を思い切り睨《にら》む。そしてもう一回息を吸った。

死にたくない。絶対に。ここがどんな世界であろうと、今のあたしにとっては現実なのだ。

だから——

「あたしは死ねないのよ！」

心の底から叫んだ。半分くらいは、自分に言い聞かせていたのかもしれない。

この体から、どうしてこんなに大きな声が出たのか、自分でもびっくりするほどだった。

「あんたたちの餌《えさ》になって死ぬなんて、まっぴらごめんよ！」

啖呵《たんか》を切り、足を引きずって駆け出そうとした。

だけど動かない左足が邪魔をして、派手に転び、そして地面に顔を強く打ちつけた。

「っ……」

すごく痛い。思わず額《ひたい》に当てた手に、赤い血がついた。打った拍子に切れたらしい。

やっぱりこの世界は夢じゃない。間違いなく現実だ。

後ろで豚の怪物たちが、獲物を追いかけるために動き出す。

あいつらが本気になったら、あたしはあっという間に死ぬだろう。

でも足掻《あが》くの。だって生きたいから。

こんなに生きたいって思うの、生まれて初めてかもしれない。

もう一回立ち上がらなくちゃと思っても、左足はなかなか言う事を聞かない。

なんとか立ち上がった時には、もう追いつかれていた。

一頭の豚の怪物が、あたしに向かって斧を振り下ろしてきた。

ものすごい速さのはずなのに、なぜか世界が遅く見える。

その時、茂みの方から何か銀色のものが飛んできた。今のあたしにはすべてがゆっくりと見えるのに、それだけが鋭く飛んできたのだ。

それは豚の怪物の腕を貫通して、立ち並ぶ木のうちの一本に突き刺さった。

ぷしゅ、って音がした。……一体なんの音？

「おおっと、動かねえ方がいいぜ」

誰かの声がした。その声は笑っているようだった。

藪《やぶ》をかき分けて現れたのは、フードを深く被った男の人。その人が怪物に忠告する。

「俺の得物《えもの》は飛び切りの切れ味なんだぜ？　動くと――」

そこで斧を持っている豚の怪物が、標的を彼に変えて襲いかかった。

「逃げて!!」

あたしは思わず叫んだ。誰だか知らないけれど、無手《むて》に見えたからだ。

武器を持たずに怪物に挑むなんて自殺行為。それなのに、その人はにやりと不敵に笑った。

「落っこちちまうぜ」

彼がそう言った瞬間、豚の怪物の両腕がぽろりと落ちた。

一拍遅れて、血しぶきがあたりを汚す。

何が起きたの？

呆気にとられるあたしの前で、豚の怪物は痛みに叫び、のたうち回っている。両腕を失ったのだから、当たり前だろう。

でも、なんでそうなったのかはわからない。唯一わかったのは、男の人の格が違うという事だけ。

呆然としていた他の怪物たちは、我に返ると先を争いながら逃げ出した。

残されたのは、あたしと男の人と、両腕を失った怪物だけ。男の人はのたうち回る怪物を見やった後、落ちていた斧を拾う。

「見たくないなら、目を閉じな」

そう言われて、次に起きる事は大体予測できた。それでも、あたしは目を閉じなかった。

怪物が使っていた大斧が、持ち主の首に向かって振り下ろされる。

首を落とされて、豚の怪物は絶命した。

あたりが静かになると、男の人はわっか状の何かを木から引き抜いた。さっき飛んできた銀色のものは、あれだったのね。

「あの……」

ここでやっと声を出したあたしを、彼がちらりと見る。

「ああ、視《み》にくいな」

そんな事を言いながらフードを脱いだ彼は、色黒で、髪も瞳も真っ黒だった。

左目を汚れた包帯で隠し、たくましい体を、下級市民が着るような服と鎧《よろい》で包んでいる。歳の頃は……三十代後半か。

彫りの深い顔に髭《ひげ》を生やしたその人は、あたしを見て首をかしげた。

「あんた、よく吼《ほ》える嬢ちゃんだな」

よく吼える嬢ちゃん。この人は、さっきのあたしの叫び声を聞いていたのかしら。

助けが来てくれてすごく嬉しいけど、想定外だわ。

そこではっとした。まずはお礼を言わなきゃ。

「助けてくれてありがとうございます」

あたしがお礼を言うと、彼はきょとんと目を丸くした。

「嬢ちゃんの啖呵《たんか》が気に入ったんだ、俺は。礼には及ばないな」

「でも、助けてくれたのは事実だわ」

そう言いながら彼を観察する。

うん。この人はゲームの攻略対象じゃない。髭《ひげ》だらけのむさくるしい男なんて、あのゲームには登場しなかった。

——もしかして、あたしがゲームを変えてしまったのだろうか。

序盤で悪役が死ぬ事、それがトゥルーエンドを見るための重要なポイントだった。

妹のあたしを失った悲しみの中で、ヒロインは公爵様と愛を育《はぐく》むのだ。

でも、そんなのどうでもいい。こうして助かったんだから。

「本当にありがとう」

あたしはもう一度お礼を言った。以前のあたしなら絶対に言わなかったはずなのに、前世を思い出したのと同時に性格も変わってしまったみたい。

「感謝してるのか」

「ええ」

「なら、俺のお願いを一つ叶えてもらえないかね？　お姫様」

どうやら彼はあたしの身分を知っているようだ。その上で、どんな無理難題を吹っかけてくるつもりなのか。あたしが身構えると、彼は豪快に笑った。

「いんや、大した事じゃねえって。そんな構えないでくれよ」

「……お金なら、わたくしは持ってないわ」

「なんだ、お姫様ってのは貧乏なのか？」

「わたくしが個人的に使えるお金はないの。わたくしは家族にも大事にされていないから」

「へえ、お姫様はきれいなのにな」

「それはあなたが、お姉様を知らないから言えるのよ。わたくしのお姉様は三国一の美姫《びき》なの」

そう。このゲームのヒロインは末恐ろしいほどの美少女で、男なら誰もが骨抜きになるのだ。

誰でも彼でも惚れさせてんじゃないわよって、プレイ中何度も思ってしまったくらい。

「そんなこたぁどうでもいいや」

そう言いながら、彼があたしの前にしゃがみ込む。

「俺をお仕えさせてもらえませんかね？」

「は？」

何を言ってるのか、一回聞いただけじゃわからなかった。

あたしに仕えるっていうの？　この人。お金なんてないって言ってるのに。

「わたくし、何も持ってないの。ご飯もお金も洋服も暖かい部屋も、なんにも与えられない」

「俺はあんたが気に入った。だから仕えたい。それだけだ」

だめ押しみたいに言われて、あたしは考えてみる。

確かに、味方が一人くらいいた方が、都合がいいかもしれない。もし本当にゲームの道筋が変わってしまったとしたら、何が起こるかわからないからだ。

「……お父様に頼んでみるわ」

その言葉を聞いて、彼は満足げに笑った。

「その前に、名前を聞いてもいいかしら」

「名乗るほどの名前は持ってねえ」

「……じゃあ熊さんって呼ぶわよ」

そう口にした後、声に出して笑ってしまう。だって彼は熊そのものだった。大きくて色が黒くて、ごつくて髪がぼさぼさで。

「イリアスだ。熊はやめてくれ」

とっても嫌そうな声で、彼——イリアスさんは言った。

「わかったわ、イリアス。さっそく頼んでもいい？」

「なんなりと」

「手を貸して。一人じゃうまく歩けないの」

「仰《おお》せのままに」

彼が貸してくれた手は大きくてかさかさしていて、おまけに傷痕《きずあと》だらけだった。

でも嫌いじゃないわ、こういうの。


前世は日本っていう国の、どこにでもいる普通の女の子だった。

本とゲームが好きで、人気のあるゲームは一通りやったと思う。

下に弟が三人いた。上の弟はスポーツマンで、熱血野郎。何が楽しいのか姉のあたしに柔道の技をかけてきては、お父さんに怒られてばっかりだった。

真ん中の弟は歳の割に分別くさくて、頭のよくない兄を軽蔑《けいべつ》してた。あたしの事も、多分そんなに好きではなかったんじゃないかしら。

末の弟は甘えっ子で、世渡り上手だったわね。

サラリーマンのお父さんと、パートに家事にと働きまくるお母さん。家族構成はそんなもの。

あたしの死因はなんだったかって？　通り魔に襲われたのは覚えてるわ。何か所も刺されたから、多分それが原因で死んだと思う。

そしてここはやっぱり、前世のあたしが最後にプレイした乙女ゲームの中みたいだ。

森から出てきたあたしに蒼白《そうはく》な顔で駆け寄ってきた美少女を見て、推測は確信に変わる。

絹糸のように艶《つや》やかで、光り輝く白金《はっきん》の髪。触れるのが恐ろしいくらいきれいな白磁《はくじ》の肌と、煌《きら》めくエメラルドグリーンの瞳。

どれも見覚えがありすぎる。間違いなく「スティルの花冠《かかん》」のヒロイン、クリスティアーナ・ディアーヌ・ルラ・バスチアだ。

そして今日は……記憶が間違ってなければ、あたしたち双子の誕生日。ゲーム序盤のイベントである舞踏会が行われる日だ。

ゲームではあたしが死んでも舞踏会は開催された。外交上の理由で中止するわけにはいかなかったのか、それとも攻略対象たちとの出会いには欠かせなかったからか。

考えてもわからない。というか、ゲームのご都合主義に疑問を抱いてはいけない。

とにかく、誕生日の舞踏会で物語は本格的に幕を開けるのだ。

前世を思い出すなら、もっと早く思い出したかった。

だってあたしはこの世界に生まれてから今日まで、超がつくほど嫌な悪役街道を突っ走ってきたのだから。

「バーティミウス……？」

クリスティアーナ姫が震える声で言う。それも当然だろう。イリアスさんの腕を借り、足を引きずるようにして立っているあたしが、幽霊よりも悲惨に見えるのは間違いない。

「生きていたのね……？　無事でよかった……」

はらはらと流れる大粒の涙。詩人だったら真珠の涙と形容するんじゃないかしら。

そこで、近衛兵《このえへい》の一人が若干引きつった顔で問いかけてきた。

「ご無事で何よりです、殿下。そちらの男は……」

「あなたたちが見捨てたわたくしを助けてくださった人よ。彼に対する無礼は許さないわ」

あたしは近衛兵《このえへい》たちをじっと見据えて、そう言った。近衛兵たちは顔を青くしている。

でも——

「……あんなのがいきなり出てきたら逃げたくなる気持ちはわかるわ」

豚の怪物が突然現れたりしたら普通逃げるわ。それにあたしはゲームで嫌われキャラだったから、兵士たちが護衛につくのを嫌がったのもわかる。

でも、これだけははっきりさせないといけない。

「あなたたちは、お姉様をちゃんと守り通せた？」

「は……？」

怪訝《けげん》そうな顔をする彼らに、あたしは言う。

「お姉様を守るだけで手いっぱいだった、って事なんでしょう？　そういう事情なら、なかった事にしてあげるわ」

できるだけ軽い調子で言った。今まで自分がしてきた事を振り返ると、近衛兵たちに文句は言えない。あたしはそれくらい最低だったから。

腕を貸してくれているイリアスさんの肩が震えている。必死で笑いをこらえているらしい。

ちょっと、足を踏むわよ。

「本当ですか……？」

近衛兵たちが信じがたいものを見るような目でこっちを見ている。

「二言はないわ」

あたしがきっぱりと言い切ったら、近衛兵たちはほっとした様子だった。

「早く城に帰りましょう」

そう言いながら、足を引きずって歩き出したあたしを、近衛兵の一人が慌てて止めに来た。

「二の姫様、馬にお乗りください！」

「馬になんて乗った事がないわ」

いつも輿《こし》か車椅子で移動していたから、乗馬なんてできない。だからあたしは隣にいる人を見上げた。

「イリアス、馬に乗れる？」

「一応は」

「じゃあ、あたしを乗せて」

「仰《おお》せのままに」

イリアスさんがあたしを軽々と持ち上げる。そして馬に横向きに座らせ、手綱《たづな》を握った。

近衛兵たちは物言いたげな目でイリアスさんを見た後、クリスティアーナ姫を馬に乗せる。

彼女はあたしを心配そうに見ていた。やっぱりヒロインは性格も美人なのね。

「スティルの花冠《かかん》」はちょっと変な乙女ゲームだった。

制作者の趣味で〝リアリティのなさ〟なるものを追求したらしく、ヒロインは完全なるチートキャラ。性格がよくて頭もよくて、理想を詰め込みすぎたような美少女だったのだ。

プレイヤーたちは大抵、こんな女がいるわけないってツッコミを入れる。

でもそんな彼女が恋をして、ライバルに嫉妬したり相手の発言に一喜一憂したりと、女の子らしい悩みを持つようになる。すると、チートでハイスペックでも同じ人間なんだって、プレイヤーたちはヒロインに好感を抱くのだ。

攻略対象たちはそろいもそろって美形だった。でもそれぞれ一癖も二癖もあって、いろいろ抱え込んじゃってる。そんな彼らがヒロインと出会って恋をして、抱え込んでいたものから自由になったり成長したりするのだ。

世界観的には、魔法要素ありの近世ヨーロッパ風ファンタジーって感じだった。

服装も十八世紀のヨーロッパ風。フランス革命の少し前くらいの感じかしら。女性はスカート部分が大きく膨《ふく》らんだドレス、男性は上下そろいのスーツみたいなのを着ている。

さて、悪役のあたしはどんなキャラだったか。馬に乗りながら自分の事を詳しく思い返してみた。


えっと……今のあたしは、名前が非常に長ったらしい。

バーティミウス・アリアノーラ・ルラ・バスチア。通称二の姫。この二の姫ってのは二番目のお姫様という意味だ。

あたしを一言で表すなら、出来損ないのお姫様。子供の頃から足が悪くて、踊りなんて一つもできない。音痴だから歌も下手。一応刺繍《ししゅう》はできるけど、出来上がったものを見ても何だかわからないと言われる。

まともにできるものがほとんどないあたしにも、一個だけ得意なものがある。古代クレセリア文字の解読だ。

お姫様っていうのは勉強よりも花嫁修業をさせられるものなんだけど、古典を学ぶのは女の子らしいからとかそういう理由で、いろんな古典を読まされてきた。そこから深みにはまって古代クレセリア文字の解読ができるようになったのだ。

逆に言えばそれしかないから、なんでもできるクリスティアーナ姫がうらやましかった。そしてその気持ちがだんだん憎悪とか嫌悪とか、それ以上のひどい感情に発展してしまったらしい。

あたしは足が悪い事もあって、幽閉に近い生活をさせられていた。対して姉姫は自由に外に出させてもらっていたから、ひどい感情に余計に拍車がかかったのである。

歪んだ性格のせいで、あたしには友達なんて一人もいなくて、当然心を許せる相手もいない。

そんな出来損ないがゲーム中でなんの役割をするかというと、完全なる悪役だ。

クリスティアーナ姫が優しいのをいい事に、バーティミウスは女官を使って攻略対象との恋路《こいじ》を邪魔する。言う事を聞かない女官はどんどんクビにしていった。

職を失うのを恐れて、女官たちは姉姫に嫌がらせをする。お茶会の招待状をこっそり破棄するとか、姉姫あての手紙を改竄《かいざん》するとか。ドレスに刃物を仕込んだり、姉姫を言葉巧みに誘って危険な裏町に連れていったりした事もあった。

でも決して尻尾は出さないあたり、女官たちは優秀と言える。そのおかげでクリスティアーナ姫から見れば、バーティミウスは決して優秀ではないけど素直で姉を慕ってくれている妹。

しかしその実態はクリスティアーナ姫が攻略対象と仲良くならないように……幸せにならないように暗躍《あんやく》する妹だったのだ。

バーティミウス自身が行った嫌がらせは、主に情報操作だったわね。クリスティアーナ姫はたくさんの男をもてあそぶ鼻持ちならない悪い女だという、悪意ある情報を流しまくった。

裏稼業の人を雇って、クリスティアーナ姫を暗殺しようとした事もある。攻略対象に邪魔されて失敗したにもかかわらず、懲《こ》りずに何回もやったのだ。

姉姫を心配するふりをして攻略対象に近づき、泣き落としをしたり脅したり、挙句《あげく》の果てには色仕掛けまでしたり……

情報操作はまだしも、不自由な体を使って色仕掛けなんてよくできるわよね。

そんな馬鹿をしてしまうくらい、クリスティアーナ姫が幸せになるのが許せなかったのかしら。でも悪事はバレるのだ。父である国王にバレた結果、バーティミウスは王族の面汚《つらよご》しとして断罪される。

処分の仕方はいろいろあったけど、一番ましだったのは、とんでもない僻地《へきち》にある離宮に幽閉されるというものだった。

他はもっとひどい。問答無用で処刑されるとか、重罪人用の牢獄で一生を過ごすとかいうのもあった。最下層の地下牢には灯りなんてほとんどなかったし、ろくな食べ物ももらえないし。衛生状態も最悪で、すぐに感染病にかかって三日で死んだわ。

修道院に入れられるっていうのもあったっけ。これもましだと思うかもしれないけれど、この修道院がとんでもないところで、バーティミウスを生贄《いけにえ》として神に捧げるのだ。

確か恨みがたまった女官たちの手で奴隷として売り飛ばされて、男たちの慰《なぐさ》み者になるというパターンもあった気がするわ。

思い出せるのはこれくらいだけど、どれもひどいのは間違いない。

プレイヤーもドン引きな罰を受けるのが、出来損ないで嫉妬深い妹姫……バーティミウスの最期。

だからゲームの序盤で死ぬっていうルートは、ある意味バーティミウスの救済ルートでもある。

だって悪い事をする前に死ねるから。ヒロインの邪魔などしない可哀想な被害者で終われるからだ。

ここまで思い出したところで、あたしは今後の方向性を決める。

よし、クリスティアーナ姫への嫌がらせはやめよう。そういうの嫌いだし。

嫌がらせをしなければ……バッドエンドは回避できるわよね。

別に悪役がいなくたって、クリスティアーナ姫は勝手にイケメンたちと恋愛するでしょう。

ここがゲームの世界なら、物事をゲーム通りに進めようとする強制力が働いてもおかしくない。

でも、死ぬはずだったあたしが生きているという事は、その強制力も大したものじゃないんだろう。

うん、いけそうな気がしてきた。

馬でゆっくり帰ったあたしは、改めて見たお城の大きさに衝撃を受けた。前世の世界にあった夢の国のお城なんかとは比べものにならない。

巨大な壁に囲まれた白亜のお城は真珠城《しんじゅじょう》と呼ばれている。その名前がぴったりな姿だ。

城壁の中には建物がいくつも立っていた。特に目立つのは見るからに新しそうな白い建物。あれ何だったかしら。

お城の門をくぐる時、兵士の人たちがイリアスさんを見て怪訝《けげん》そうな顔をしていた。

連れてきた本人が言うのも変だけど、場違いだものね。

そんな兵士たちの視線をイリアスさんは気にしていない。だからあたしも気にしない事にして、背筋を伸ばして周りを観察する。

よく見たら建物同士は渡り廊下や石畳の通路で繋がっていた。石畳の通路はそれなりに広くて、その周りの芝生もきれいに整っている。

南の方には大きな庭園があったはずだ。かすかに花の香りがする。

今あたしたちが通っているのは、城の表側だ。少し進むと厩舎《きゅうしゃ》が見えて、馬のいななきが聞こえてくる。

「厩舎は全部でいくつあるのかしら？」

「二十ほどです」

あたしの疑問に、近衛兵《このえへい》が答えてくれた。厩舎が二十もあるなんてさすがはお城ね。

「へえ、多いのね」

「騎士や兵士の乗る馬は隊ごとに分かれていますから。ちなみにここは王族専用の厩舎となっています」

詳しい説明をありがとう、と心の中で感謝しておく。

ここの厩舎に、あたしやクリスティアーナ姫が乗っている馬を戻すという。あたしはイリアスさんに抱えてもらって馬から降りた。

馬は早くもイリアスさんに懐《なつ》いたらしく、鼻をこすりつけて甘えている。

彼も悪い気はしないようで、目を細めて撫でていた。

「イリアス。そうやっていつまでも馬を撫でていては、あなたをお父様に紹介できないわ」

「ああ、すいませんね」

そう言いつつ、イリアスさんは馬を撫で続けている。

「腕を貸してちょうだい。私は人につかまらなくては歩けないの」

もう一度声をかけると、イリアスさんがやっと馬から手を放した。

「どうぞ、お姫様」

あたしに腕を貸す彼に、周りは微妙な眼差しを向けている。第二王女が連れてきたのは一体何者なのか。そう言いたげな眼差しだ。

でもそれを気にしていたら歩けない。

神経が太くてよかったわ。

イリアスさんを杖代わりにして、正面の扉から城の中に入る。中は割と明るくて、壁には外側と同じような白い石が使われていた。生まれてからずっとここで暮らしてきたはずなのに、やけにきれいで立派に見える。

隣ではイリアスさんがぽかんと口を開けて、あちこち見回していた。

王女たちが帰ってきたという知らせを受けたのか、一人の女官が駆け寄ってくる。

「二の姫様、なんというお姿なのでしょう」

彼女は眉をひそめてそう言った。

まあ、今のあたしって草まみれだし土まみれだし、結構すごい姿だものね。

「ああ、ちょっと豚の化け物……いえ、多分オークに襲われたの」

「オーク!?」

女官は卒倒しそうなほど青ざめていた。

「王家の森にそんな怪物が出るなんて、聞いた事がありません」

「でも、実際にいたのだから仕方ないでしょ。今日は夜会があるのよね？　それまでに見られる格好になりたいわ」

あたしはできるだけ偉そうな口調で言った。すっごく疲れる。

でも、今までのあたしはそういう風にしゃべっていたんだし、いきなり性格が変わったら変だろう。

今のあたしの性格は徐々に出していけばいい。

「わかりました。すぐに入浴とお着替えの準備をいたします」

「それと、この方はわたくしの命の恩人なの。彼にも湯殿《ゆどの》を使わせて、今よりまともな格好にさせてちょうだい」

隣のイリアスさんを示しながら命じる。

だってすごいのよ、汚れ方が。怪物の首を落とした時の返り血までついているし、おまけに不快極まりない悪臭もする。近くにいると鼻が麻痺《まひ》してくるほどだ。

「……へ？」

女官の人は妙な顔をして固まる。

「早くして」

あたしが機嫌の悪そうな声で言うと、彼女は慌ててイリアスさんをどこかへ連れていった。

「姫様、こちらです」

別の女官が来て、あたしを城の奥に案内する。壁伝いに歩くあたしを見て、彼女は眉をひそめていた。でも絶対に手は貸してくれない。

そしてどうにか、王室専用の湯殿に到着する。

そこにいた女官たちに手伝ってもらいながら、あたしは汚れ切ったドレスを脱いだ。

一人じゃ脱ぎ着できない服とか本当どうなってんの。特権階級の衣装ってこれだから嫌。

「誰も入ってこないで。一人になりたいの」

そう言って、湯殿に入ってこようとした女官たちを制する。

彼女たちは顔を見合わせたけど、こんな気まぐれは慣れっこだからか、すぐに頷いて鈴を渡してきた。

「ご用がありましたら、お呼びくださいませ」

「わかったわ。ありがとう」

さらっと何気なくお礼を言う。まるで普段からそう言っているかのように。

女官の人たちはほんの少しだけ固まったけれど、恭《うやうや》しくお辞儀《じぎ》をして下がった。

壁の手すりを使って湯殿《ゆどの》の中に入ると大きな浴槽があった。昔のヨーロッパじゃお風呂は悪徳だったという話もあるけど、この世界はそうじゃないみたいね。

お風呂に伸び伸びと浸《つ》かって、自分の手足を確認する。見た感じ、ひどい怪我はない。ドレスの丈や袖が長かったから、そういうのが手足を守ってくれたのだろう。

ただ、左足には妙な痣《あざ》があった。こんなの前からあったかしら？　それは普通に生活してたらつかないだろう大きな痣で、足首から膝上まで這《は》い回るようについている。

気味が悪い痣だと思いつつ、湯船の中で左足をマッサージして、感覚があるか確かめた。

ちゃんと感覚はある。ならばと思って足の指を動かしてみた。動かないだろうと思ったけれど、意外にも動いた。ただ、動かし慣れていないみたいにぎこちない。

試しに膝を曲げてみたら、ゆっくりだけれど普通に曲げ伸ばしできた。

足首も回せるし、長年歩かなかったから歩けなくなってるだけなんじゃないかしら。毎日少しずつ練習すれば、遅くとも歩けるようになりそうだ。

よし、やってみよう。目指すは、杖をつかなくても自由に歩く事だ。

そう思いつつ湯船から出て、いい香りのする石鹸《せっけん》で顔を洗う。そして鏡を見たら、額《ひたい》のあたりにうっすらと切り傷があった。

地面に顔を打ちつけた時の傷かしら。額の傷って、見た目の割に出血が多いのよね。でも今は血は止まってるし、これなら髪の毛で隠せる。

あたしは髪と体を洗ってすっきりしてから、湯船にもう一回浸かった。

湯殿の外に出たら、さっきの女官たちが待機していた。あたしは思わず悲鳴を上げそうになる。前世の記憶を取り戻したせいか、裸を見られるのは抵抗があった。でも、どうにか悲鳴を呑み込む。

女官の人たちはあっという間にあたしを取り囲んで、手際よく服を着付けていく。

「……すごい」

あたしは小さく呟《つぶや》いた。一人の女官が怪訝《けげん》そうにこちらを見たけれど、あたしは素知らぬ顔をする。

そして着替え終わってから、本当に何気ない感じで言った。

「ありがと」

これだけで、女官の人たちが驚愕《きょうがく》していた。以前のあたしって、どれだけ横柄《おうへい》なやつだったのよ。

我ながらショックだわ。

「イリアスの方も終わっているかしら？」

いち早く我に返った女官が、イリアスさんは身支度を整えて湯殿の前の部屋にいるって教えてくれた。

「そう。……ねえ、杖ちょうだい。なんでもいいわ」

「二の姫様、車椅子がありますよ」

「いい。歩いていくわ」

半《なか》ば人格が入れ替わってしまったような今のあたしに、車椅子がうまく使えるとは思えない。だから歩いていくと主張したら、女官の人たちが杖を持ってきてくれた。

意外と素朴な杖だったので、ほっとする。金銀宝石でできた杖を渡されるんじゃないかと思っていたから。

杖を支えにイリアスさんのいる部屋まで歩いていったら、彼は退屈を紛《まぎ》らわすみたいに壁の絵を眺めていた。

「……額《ひたい》の傷の手当はしてもらったのかい、お姫様」

こちらを見たイリアスさんが問いかけてくる。

「ああ、これくらいの切り傷なんて、どうって事ないわ」

後ろで息を呑む音がして、女官の一人が慌てた顔で聞いてきた。

「二の姫様、お怪我をなさったのですか⁉」

「ほんの軽い怪我よ。……でも塗り薬とかあったらもらえるかしら」

「ただちに持ってまいります！」

彼女はそう言って、お尻に火がついたみたいに猛然と走っていった。

すぐさま女官が戻ってきた。その手には塗り薬と当て布がある。

あたしは薬草の香りがする塗り薬を傷に塗られて、そこに薄い布を貼られた。

「こんな大げさにしなくてていいのに」

ほっとけば治るでしょ、これくらい。

そう思ったけれど、記憶を探ってみたら、あたしはこれくらいの怪我もした事がなかった。気まぐれで残酷な二の姫様の機嫌を損ねないように、お城の皆は必死なのである。

とりあえず傷の手当てが終わったところで、あたしは杖を片手に言った。

「お父様のところへ連れていってちょうだい」


案内された部屋に入ると、広くて豪華な部屋の奥には立派な玉座があった。そこには歳の割にずいぶん若々しいお父様が座っている。

その近くには見覚えのある兵士がいた。多分、今日森で起きた出来事をお父様に報告していたんだろう。

「大変だったね、娘や」

お父様が言った。あたしは簡単に帰城の挨拶《あいさつ》をした後、隣にいる大きな人を手で示す。

「お父様。こちらがわたくしの窮地《きゅうち》を救ってくださった方です」

そうイリアスさんを紹介すると、彼は怖気《おじけ》づく事もなく淡々と頭を下げた。

「この方を、わたくしの専属護衛にしてもよろしいでしょうか。とてもお強いんです」

そう言いつつ、お願いを聞いてもらえるかしらと不安になる。こんな場面はゲームにはなかったから、お父様がどう出るかは未知数だ。

「……ああ、わかった」

その秀麗《しゅうれい》な顔をあたしとイリアスさんに向けてから、お父様は言った。あまりにも呆気なく許可が出たから、あたしは拍子抜けしてしまう。

「ちょうどお前に新しい護衛をつけようと思っていたんだよ、かわいい娘や」

命の恩人だというなら信用しても大丈夫だろうとお父様は頷いた。必要な事務手続きは、宰相様とお父様がやってくれるらしい。

あたしは頭を下げてお礼を言い、お父様たちにすべてを任せて部屋を出た。

イリアスさんを引き連れてお城の中を歩くと、誰もがあたしを見ていた。多分あまりにも王宮にふさわしくない、粗野なイリアスさんを連れているからだろう。これだから出来損ないの王女は、とでも思っているのかもしれない。

人によっては扇《おうぎ》で顔を隠したりして、ヒソヒソと囁《ささや》き合っている。

勝手に言ってれば？　別に気にならないわ。

だって、あたしは自分の足で立つ努力をしているだけ。陰口を言われるほどやましい事はしてない。

なんて思いつつ自室に戻った。自室の前では女官たちが待っていて、あたしに頭を下げる。

入り口の扉を開けると、あたしはそれを勢いよく閉めた。理解不能な光景が目の前に広がっていたからだ。

「どうしました？」

イリアスさんが聞いてくる。あたしはもう一回、恐る恐る扉を開けた。

自分の部屋だし見慣れているはずなのに、前世を思い出した今は豪華絢爛《ごうかけんらん》という言葉を思い浮かべてしまう。

あたしは足が悪くてベッドにばかりいたから、大きな寝台の周りにいろいろな物が置かれていた。例えば好きな古典の解説書とか、お気に入りのオルゴールとか。

そして部屋の隅《すみ》には、一度も使った事のない楽器が置かれている。たくさんのパイプが伸びているピアノみたいな楽器だ。

名前は知らない。というか興味がなさすぎて覚えていない。どうしてその楽器があたしの部屋にあるのかすら覚えていないくらい前からあるのだ。

あたしの後ろから部屋を覗《のぞ》き込んだイリアスさんが、ぼそっと呟《つぶや》いた。

「贅沢《ぜいたく》な部屋だ」

「そうね、確かに贅沢だと思うわ。でも王女だもの、これくらいの部屋は当然だわ」

そう言いつつ、こんなに豪華な部屋だったたっけ？　とも思う。多分、前世の記憶や思考回路が、部屋に対する認識を変えてしまったからだろう。

心が変われば目に映る世界だって違うものになるのだ。

あたしがイリアスさんと一緒に部屋に入るとすぐ、女官たちが次々と入ってきた。

「二の姫様、今日の夜会のために、ご準備をしていただきます」

あたしはごくりとつばを呑み込んだ。

いよいよゲームの第一ステージの幕開けだ。

ここでヒロインのクリスティアーナ姫と攻略対象のうちの誰かが接触する。悪役のあたしにも何が起こるかわからないし、気合を入れなくちゃ。平穏な未来のために。

舞踏会用のドレスを着るのって、こんなに大変なんだ……

あたしは内心げんなりしていた。本で読んでイメージしていたのと実際に着るのには、ものすごい落差がある。息が詰まるほどきつかった。

何しろこの世界にはクリノリンなんてものはないから、ペチコートを十枚以上も重ねるのだ。布の重さって馬鹿にしちゃいけない。これじゃ絶対に機敏《きびん》になんて動けないだろう。

鏡の中には流行のフリルがあしらわれ、小さな宝石を縫いつけてある豪華極まりないドレスを着たあたしがいた。いくら着飾って化粧をしても決してヒロインのようにはなれない、地味な顔立ちの女の子。

ヒロインである姉姫は白金《はっきん》の髪と緑柱石《りょくちゅうせき》のような瞳を持っている。しかし妹であるあたしの髪は燃え盛る炎みたいな毒々しい赤色をしていて、目の色は猛毒のような水銀色だった。

常に人を睨《にら》み据《す》えているような目つきの悪さは、完璧に悪役の顔立ち。肌は蝋《ろう》みたいに白くて不健康そうだし、口紅の塗られていない唇は青ざめている。

背丈は低く、いくら背筋を伸ばしたって「すらりとした」という形容詞は似合わない。

どこをどう見ても魅力的じゃなかった。きっとゲームの制作者たちは、あたしの見た目を不気味にする事に情熱を注いでいたのだろう。

あたしはその場で一回転してみた。バランスを崩してよろけた体を、いつの間にか近くにいたイリアスさんが支えてくれる。

「危ねえな」

「ありがとう」

そこで扉が叩かれて、あたしを大広間まで連れていく役目を任されている女官長が姿を見せた。ふくよかな中年の女官長は、確かスミレさんという名前だ。

「二の姫様、ご用意は整いましたか？」

いよいよだ。

あたしがイリアスさんの腕につかまった途端、女官たちが渋い顔になる。

「……二の姫様。未婚の姫君が、どこの誰ともわからない男性に、軽々しくつかまったりするものではありません」

スミレさんが注意してきた。

さすが、長年仕えてきて王家に信頼されているだけあって、気難しい王女にだって注意できるのね。でも、あたしは譲らない。

「だって楽だわ。歩く時、彼が支えになってくれるの」

本当に、杖よりずっと楽なのだ。体重をかけてもびくともしないし、歩幅もあたしに合わせてくれる。歩く速度だって気遣ってくれるから、つい助けてほしくなってしまうのだ。

「そのような事をおっしゃらないでくださいませ。車椅子をご用意してあるのですから」

あたしの我儘《わがまま》をたしなめるように、スミレさんは言った。

「乗らないわ、すごくわずらわしいもの」

今のあたしが車椅子を使ったところで、横転して怪我をするのはわかり切っている。

いくらのろくっても歩いた方がまし。それなのに、スミレさんは首を横に振った。

「だからと言って、未婚の女性が家族以外の殿方につかまって歩くのは、はしたないですよ」

「あら。という事は、舞踏会に出る未婚女性は皆はしたないのね」

そう言い返せば、スミレさんが溜息を吐き出した。

「……仕方ありませんね。くれぐれも王妃様が卒倒なさらないようにお気をつけあそばせ」

「大丈夫よ、目立たないように隅《すみ》にいるから」

隅にいれば、クリスティアーナ姫の恋路《こいじ》の邪魔にもならないはずだ。

さて、気合を入れて空気にならなくちゃ。


会場の大広間に向かって歩いていると、前を歩く女官があたしたちをちらちらと何度も見てきた。

「あなたもわかっているんだろうに」

そんな声が聞こえてきたから横を見たら、隣の大きな人があたしを見下ろしていた。なんだか悪童みたいな、いたずらっぽい目をしている。

「あら、何を？」

「俺なんぞを社交界に連れ出したら、あなたの立ち位置が危ういだろう。俺につかまって歩くのがそんなに楽なのかい」

イリアスさんは呆れたように笑った。あたしもつい笑ってしまう。

「あはは、言われてみればそうかもしれないわ。あなたを連れていったらわたくしの評判が悪くなるでしょうし、いい事なんて何一つないわね。……でも困ったわ。あなたがいると思って、杖は部屋に置きっぱなしにしてきたの」

評判が下がるのは困るけれど、杖がないのを言い訳にして押し通そうと思った。それに見知らぬ男につかまっていようが、「バーティミウスなら仕方ない」と思われて終わりだろう。王族の女性として非常識な行動なのは間違いないけど、数ある悪評を一つ増やすだけだ。

それなのに、イリアスさんがさりげなく取り出したのは……部屋に置いてきたはずの杖だった。

「杖ってのはこれかい？」

あたしは目を丸くした後、自然と笑みを浮かべる。

頼んでもないのにあたしがしてほしい事をやってくれる人なんて、今まで一人もいなかった。

「あなた最高」

思わず抱き着くと、イリアスさんはにやりと笑った。

悪どい笑顔ね。でも好きだわ、そういう顔。人間くさくて。

「どうぞ行ってください、お姫様。俺は陰から覗《のぞ》いてますよ」

彼が茶目っ気のある顔であたしに言うから、妙な自信が湧いてくる。あたしは笑って、杖を片手に背筋を伸ばした。

今から始まる舞踏会で、ゲームの恋愛模様が幕を開ける。あたしがまだ生きているという事は、トゥルーエンドにはならないかもしれない。

けど二番目や三番目のルートでも、クリスティアーナ姫は舞踏会でどきどきなトキメキ体験をするはず。うまくいくといいなと思った。

あたしは自分の意思でゲームをねじ曲げたわけだけど、ヒロインであるクリスティアーナ姫の幸せは祈りたい。

実は前世でも、ヒロインが結構好きだったの。

確かに他の人が言ってたように、完璧すぎてありえない女の子だと思うわ。それでも、意地悪な妹を頑張って庇《かば》おうとしていた姿勢は尊敬できた。だって嫌われ者をフォローするのは大変だもの。

「ご準備はよろしいでしょうか」

大広間に着いたところで、女官長のスミレさんが言った。イリアスさんから離れたあたしを見て、周りの皆がほっとしていた。

先に扉の前で待っていたクリスティアーナ姫があたしに話しかけてくる。

「緊張してる？　バーティミウス。わたくし、どきどきして……」

クリスティアーナ姫は胸に手を当てて、緊張を隠しきれない様子だ。初めての夜会だし、自分たちの誕生日のお祝いとくれば緊張しないわけがない。

「お姉様なら大丈夫ですよ。胸を張ってください」

そう言いつつあたしも手汗がやばい。

もうすぐ正面の扉が開き、たくさんの貴族が集まっている場に、あたしたちはゆったりと登場するのだ。

……完全にさらし者じゃないかしら。

まあ、ヒロインが皆に注目されるのはわかるわ。

事実、目の前のクリスティアーナ姫はとてもきれいだ。萌黄色《もえぎいろ》が下にいくにつれてだんだん白藍《しらあい》に変わっていく優美なドレスを着ている。裾《すそ》の蔓草模様《つるくさもよう》は濃い緑の宝石で形作られていて、見るからに着る人を選ぶデザインだ。

あたしなんかが着たら、ドレスに負けてしまうだろう。

髪の毛も、夜会にふさわしい華やかな流行の髪型にしていた。結い上げた髪の毛につけられた緑の髪飾りがきらきらと揺れている。

「お姉様は堂々としていればいいんです」

あたしがそう言って笑いかけたら、この世で一番麗《うるわ》しいお姫様はぎこちなく微笑んだ。ぎこちなくたって、本当に美人である。

そんな彼女が、背筋を伸ばして瞼《まぶた》を一回閉じた。それから微笑んでゆっくりと目を開ける。

もう、そこにはさっきまでの緊張している乙女はいなかった。

「クリスティアーナ・ディアーヌ・ルラ・バスチアナ殿下、バーティミウス・アリアノーラ・ルラ・バスチアナ殿下の、おなーりー！」

目の前の扉が徐々に開かれる。

王女らしく気品に満ちあふれた笑みを湛《たた》えたクリスティアーナ姫が、あたしより先に前へと進み出た。

「行きましょう、バーティミウス」

あたしも覚悟を決めて大きく息を吐き出す。

今から、乙女ゲーム「スティルの花冠《かかん》」の本編が幕を開ける。

あたしはヒロインの邪魔をする、嫌われ者の双子の妹。

……死にたくないし、牢獄にも入りたくない。修道院で一生を終えるのも嫌だし、島流しも遠慮したかった。

だからそういうルートに進むフラグは全部へし折るつもりだけど、それ以外でヒロインの邪魔はしない。前世で好きだった登場人物の幸せくらい、祈ったっていいでしょう。

それに考えようによっては、ゲームの登場人物たちの恋愛模様を間近で見られるのだ。そんな役得他にあるかしら。いいえ、ないわ。あたしがこの世界に転生したのも何かの縁なのよ。きっと意味があるはず。

そう思いながら、クリスティアーナ姫の後について歩き出す。杖の音をこつこつと響かせて大広間の中へ入ると、それはもうきれいな世界が広がっていた。

天井に描かれているのは宗教画だろうか。中国の龍みたいな生き物と、西洋のひれのある竜みたいな生き物が噛みつき合っている。その周りにいろんな人間たちが集まっているさまが描かれていた。

床は色とりどりの大理石が、複雑な幾何学《きかがく》模様を作り上げている。まるで大きなキルティングみたいだった。

真紅《しんく》の絨毯《じゅうたん》の上をゆっくりと進むクリスティアーナ姫。その女神みたいな姿を見て、称賛の声があちこちから上がっていた。

「なんと麗《うるわ》しい……」

「王妃様もお美しいが、一の姫はそれ以上ですね」

「この世のものとは思えない」

「世界中から光が集まっているようだわ」

うん、べた褒めしたくなるのもわかる。それくらいきれいだと、あたしも思ってるから。

それに引きかえ、あたしは完全に無視されている。周りの人たちが腹の中で何を考えているかは知らないけど、どうせろくな事じゃない。

この十五年間の記憶を顧《かえり》みれば、あたしはものすごい嫌な王女様だったから。

そんな事を思いつつ、クリスティアーナ姫の二歩後ろを歩く。杖の先が大理石を叩くたびに、無機質な音が大広間に響いた。

やがてお父様とお母様の前に着いた。お姉様が貴族の人たちの方に向き直るのに合わせて、あたしも向き直る。

お姉様は優雅に一礼をして、誕生日の挨拶《あいさつ》をした。これは毎年恒例となっている。ただ一つ違うのは、今年はあたしたち二人の社交界デビューだという事。

あたしも挨拶《あいさつ》しようとしたら、途端に貴族たちが姦《かしま》しくしゃべり出した。

これがヒロインとの待遇の違いなのか……ものすごい差がある。姉妹でこれだけ差をつけられたら、グレずに成長できる気がしない。もしゲームのパーティミウスも幼少期からこんな感じだったのなら、ひねくれるしかなかったんじゃないだろうか。

前世の記憶が戻って本当によかったなんて思いながら、おしゃべりな貴族たちを眺めていると、お父様が咳払いをした。

会場がしんと静まった中、お父様が言う。

「今日は私のかわいい娘たちのために集まってくれて、本当にありがとう。どうか夢のような時間を楽しんでくれ」

その言葉をきっかけにして、音楽が鳴り始める。ダンスのための音楽だ。

足が悪くて踊れないあたしにはまったく関係ない音楽を聞いて、つい笑い出しそうになる。だって音楽が始まった途端、男の人たちがクリスティアーナ姫にわっと群がったからだ。

彼女の最初の相手になるために、互いを牽制《けんせい》し合っている。

貴族だから大声で罵《のの》り合ったりはしない。もみ合いの喧嘩《けんか》にもならない。ただ長々としゃべって、相手の邪魔をしているのだ。

あたしは近くの椅子に座って、クリスティアーナ姫がどの攻略対象とダンスを踊るのかを、チェックする事にした。

「スティルの花冠《かかん》」では、一番初めに踊った相手が格段に落としやすくなる。誰と踊るか見ていれば、どのルートをたどるのか大体想像がつくってわけ。

そんな事を考えているうちに、クリスティアーナ姫の相手が決まったらしい。

あの髪と目の色は……公爵様だ。

シュヴァンシュタイン公爵。彼は銀の髪と透き通るような青い目をしていて、歳は二十代前半。白地に青の差し色が入った夜会服がとっても似合う。物腰も優雅で、まさに女の子の誰もが憧れる王子様って感じのキャラクターだ。

ゲームでは一番わかりやすくて攻略しやすいキャラだから、あたしも一番初めにクリアしたっけ。

ちなみに、バーティミウスは彼を知っていたけど、彼はバーティミウスなんて聞いた事すらないという設定だった。無論、あたしもこの夜会で初めて接触する。貴族と接触する機会というものが、これまでほとんどなかったからだ。

あれ？　公爵様がヒロインと踊るのって、バーティミウスが序盤で死んだ場合だけじゃなかったかしら？　妹を失くして悲しむ王女様を公爵様が励まして、距離を縮めていくんだったはず。何を隠そう、彼も弟を不慮の事故で亡くしているのだ。

その公爵様が、美しいクリスティアーナ姫とダンスをしている。

しかし妖精みたいに踊るのね、クリスティアーナ姫って。ひらひらふわふわと舞うような動きは、なめらかで優雅でとっても気品がある。

あれに勝てる女子がいたらお目にかかりたい。いや、そんな女子はいないって断言できる。

見てるだけで目の保養になるわ。やっぱり前世でもお気に入りのキャラクターだったからかしら。

どうしても、嫉妬とかの悪い感情が湧いてこない。

……もっと早く前世を思い出せればよかったのに。そうすれば七歳の時、クリスティアーナ姫に向かってジュースの入ったグラスを投げつけたりしなかったはず。

思い出せるだけでも、彼女に対して本当にひどい事をしてきた。地面に穴を掘って埋まりたいくらいだわ。

ここで改めて実感したのだけれど、あたしの中には二つの記憶があるらしい。

バーティミウスとしてこの世界で生きてきた記憶と、今のあたしの人格を形成する前世の日本人の記憶。

その二つは決して混ざらない。でもどちらもあたしの記憶という、少し変な感覚だ。

そこで、ふと目の前に人が立っている事に気づいた。

笑顔を作って顔を上げたあたしは、どうしてあなたがそこに立っているのよとツッコみたくなる。

さっきまでクリスティアーナ姫と踊っていたはずの、公爵様がそこにいた。

「シ、シュヴァンシュタイン公爵様……」

あたしが裏返りそうな声で言うと、彼はにこりと微笑む。まさに貴公子の鑑《かがみ》といった感じの、優美な微笑みだった。

「王女殿下に名前を知っていただけていたとは、光栄です」

「あなたの噂《うわさ》はよく聞くわ」

「おや。恥ずかしい噂でなければいいのですが」

彼はあたしと話をするつもりらしい。一体なぜだろう。あなたの相手役はあっちで……あ、踊ってる。

気づけばクリスティアーナ姫は別の男性と踊っていた。今度の相手は侯爵令息だ。

栗色の髪に、健康的な象牙色《ぞうげいろ》の肌をしたその人は、計ったように正確なステップを踏んでいて、内面の几帳面さがにじみ出ていた。彼もまた、攻略対象の一人のはずである。

クリスティアーナ姫って、今回は誰と結ばれるんだろう……気にしても仕方のない事かもしれないけど、気になった。でも、いつまでも見ているわけにはいかない。

目の前にいる公爵様を、無視する事はできないからだ。

「剣がとてもお上手だと聞いていますわ。近衛兵《このえへい》が軒並み倒されてしまうとか」

あたしがあたりさわりのない事を言うと、公爵様は微笑んだまま答えた。

「そんなに腕の立つ人間ではありませんよ。まだまだ修業が必要な身の上です」

「ご謙遜《けんそん》を」

あたしは貼りつけたような笑顔で応対する。

公爵様があたしと親しくして、一体何になるというのか。あたしは彼とどうこうなりたいとは思わないし、彼もクリスティアーナ姫に恋をしているはずなのに。

幼い頃から、公爵様は彼女の遊び相手をしていた。その中で恋心が芽生えたというのがゲームでの設定だった。それを彼は、この舞踏会で自覚するのだ。

「あなたの事は覚えていますよ」

不意に公爵様がそんな事を言ったので、あたしは目を丸くする。

「わたくしを？」

「ええ。私がディア……失礼、クリスティアーナ姫と遊んでいると、いつもじっと見ていたでしょう？」

ああ、そういう事か。確かにそんな事もあったかもしれない。よくクリスティアーナ姫が外で遊ぶさまを窓から見ていた。公爵様が視線に敏感だったら、気づくかもしれない。

子供の頃から足が悪かったあたしは外に出してもらえなくて、庭で遊ぶ二人を睨《にら》んでいた。うらやましくてたまらなかったのだ。

「懐かしい思い出ですわ」

ここでもあたりさわりのない返事をする。だって、それ以外にどうしろって言うの。皮肉の一つでも口にしてみろって言うなら、それは自虐《じぎゃく》にしかならないから却下。

「ええ。……彼女のそばにいられた、懐かしい思い出です」

そう言いながら、公爵様は懐かしそうな目をしていた。いとおしいという感情が透けて見えて、思わずどきりとする。

やっぱりシュヴァンシュタイン公爵は、クリスティアーナ姫の事を憎からず思ってるんじゃないかしら。彼女と遊んだ事を思い出して、こんな目をするくらいには。

「失礼、少々感傷的になってしまいましたね」

彼は苦笑しつつ、細いグラスに入った飲み物をくれた。匂いから判断するにお酒だろう。あたし、まだ未成年よ？

例のゲームにお酒を飲む場面は出てこなかったけど、この国の法律はどうなっているのだろう。

前世では酔っぱらういろいろ失敗してしまう方だったから、お酒は苦手だ。

「わたくし、お酒はあまり好きではないの」

「そうですか、残念です」

彼はそう言って、近くを通ったウェイターみたいな人にグラスを渡した。積極的に呑ませたかったわけじゃないらしい。

「ねえ、わたくしに一体なんの用事かしら」

あたしは単刀直入に聞いてみた。すると、彼は言いにくそうに口にする。

「……あなたが、死んだ弟によく似ているので」

予想外の事を言われて、口をあんぐりと開けそうになった。でもそんなはしたない事をしていい立場じゃないから、目だけを大きく見開く。

「王女殿下に弟を重ねるのは無礼だと思いますが、その、目の色が弟によく似ていまして。つい……」

シュヴァンシュタイン公爵は、さみしそうに笑った。

「弟はまだ幼かったんですよ。たった九歳で盗賊にさらわれて……見つかった時にはもう死んでいたんです。それはひどい有様で……すみません。うら若い姫君にするような話ではありませんね」

「弟君と、仲がよろしかったんですね」

「いえ、どちらかというと険悪でしたよ。何しろ弟は叔父によく似ていましたから」

公爵様の叔父といえば、公爵家に嫁いだあたしの大叔母様の次男で、ろくな噂《うわさ》がなかった人だ。ひどい飲んだくれで、しょっちゅう事件を起こして捕まっていた気がする。

そんな人に似ていたなんて、この人の弟もろくな人間じゃなかったのね。

「でも豪胆《ごうたん》というか……無謀《むぼう》なほど勇敢でした。この子が成長したら、どれだけ素晴らしい男になるのか。幼いながらにそう思ってしまったほど、将来有望な子でしたから」

彼の声からは死んだ人を悼《いた》む感情と、隠し切れない好意が感じられた。

「そういう部分も、叔父によく似ていましたね」

そう言って微笑む彼からは、嫌な感情が読み取れない。

叔父君もお酒を飲んでいない時は尊敬できる人物みたいね。少し印象がよくなったわ。

「剣の腕も年上の私が歯が立たないほどだったんですよ。悔しかったですね。……嫉妬にかられて喧嘩《けんか》ばかりしていましたが、もっと自分から歩み寄っていればよかった」

「どうして、そんなお話をわたくしにするのかしら」

「ご気分を害されましたか？」

「死んだ人間に似ていると言われても嬉しくないわ。それも男の人に」

シュヴァンシュタイン公爵はそうですね、とあっさり同意する。そして彼は人に呼ばれてどこかへ行き、あたしが暇つぶしに話せる相手は一人もいなくなってしまった。

そりゃ誰からも嫌われているような女の子と、積極的に話したい人なんていないわよね。

あたしは足が悪い事とクリスティアーナ姫に決して勝てない事が原因で、厄介な癇癪《かんしゃく》持ちになってしまっていた。クリスティアーナ姫の前では素直な妹を演じていたけれど、それ以外の人の前ではヒステリックで被害妄想の激しい女の子。二面性ありまくり。

しかし暇だわ。話しかけてくれる人がいないと、夜会ってこんなにつまらないのね。

「イリアスがいればいいのに」

そんな独り言を呟《つぶや》く。……でもまあ、しょうがない。いくら命の恩人でも、どこの馬の骨とも知れない彼を公式な場所に連れてくるわけにはいかないもの。

それにしても退屈。何か面白いものはないかしら。

ダンスフロアを見れば、クリスティアーナ姫が何人目かわからない相手と踊っていた。

桃色がかった金髪がふわりふわりと揺れている。あの人はノーゼンクレス公だわ。

彼はこのバスチア王国の中で唯一の自治区、ノーゼンクレス地域を統治している有力者。少年のような見た目をしているけど攻略対象の中では一番年上で、確か二十八歳だったはずだ。

甘い顔立ちと柔らかな瞳をした彼には桜色が似合う。ゲームではこの人がさりげなく口にした言葉で落とされるご令嬢が多数いた。まるっきり自覚のない女ったらしだったのだ。

にこりと笑えば、周りに花が飛んで見える。そんな彼とも、あたしは接触した事がない。向こうがこっちを知っているなんて事も絶対にない。

……もしかして、クリスティアーナ姫はこの夜会で攻略対象全員とダンスを踊るのかしら。ゲームにはそんな展開はなかったはず。隠しルートにもなかったわよね……おかしいな。

そう考えつつダンスフロアを眺めていたら、視界の上の方で何かが動いた。

すっと視線を上げてみれば、シャンデリアがふらりふらりと揺れている。

豪華なクリスタルがこれでもかと使われていて、めったに消えない魔法の焔《ほのお》によって燦然《さんぜん》と煌《きら》めくシャンデリア。それが奇妙に揺れていた。

風のせいではないとすぐにわかる。風はそよとも吹いていないし、他のシャンデリアも揺れていない。

じゃあどうして……？

何気なくシャンデリアの下を見ると、そこではクリスティアーナ姫が踊っていた。

もう一回天井を見上げてみたら——揺れているのとは別のシャンデリアの上に、誰かが座っている。真っ黒な外套《がいとう》を着て、フードを深く被っていた。顔は見えないけれど、細身で身軽そうな人物だ。

ものすごく嫌な予感がする。

クリスティアーナ姫を、あそこから遠ざけなくちゃ。そんな風に思った時だ。

フードを被った人が、何かを投げた。それはシャンデリアをぶら下げている鎖に貼りつく。

まさか……シャンデリアを落とす気？

血の気が引く。クリスティアーナ姫が危ない。近衛兵《このえへい》を呼んでも間に合わない。彼らが駆けつける前にシャンデリアは落下するだろう。その下敷きになればクリスティアーナ姫は即死だ。

どうしたらいいかわからない。でも、どうにかして彼女をあそこから遠ざけなくちゃ。

焦った頭に、ある考えがひらめいた。

あたしは被害妄想の激しい、ヒステリックな王女様。そのイメージを利用すれば、クリスティアーナ姫をシャンデリアから遠ざけられる。

目立つのは十分わかっているのだ。でもやらなくちゃいけない。

あたしは目を見開いて椅子から立ち上がり、杖を片手に足を引きずりながら彼女に近寄った。

「お姉様！」

なるべくヒステリックに聞こえるように、裏返った声で叫ぶ。

「どういう事です⁉　どうしてその方と踊っているんですか！」

そう言いながら勢いよく彼らに詰め寄った。踊っていた二人は気圧《けお》され、自然と後ろに下がる。

「わたくしから、何から何まで奪うのですか！」

「バーティミウス？　何を言っているの？」

「クリスティアーナ姫、彼女は一体……？」

怪訝《けげん》そうなクリスティアーナ姫と、いきなり現れた無粋《ぶすい》な女に眉をひそめるノーゼンクレス公。

よし、いい感じだわ。そのままそこから離れて。

また一歩近寄れば、彼らも下がる。そうやって、二人をシャンデリアから遠ざけていく。

がっしゃんと、何かが上から落ちてきた。それはシャンデリアに使われているクリスタルのうちの一つだった。

――まさか。

反射的に見上げたら、さっきと同じところに座っているフードの人が、にやりと笑った。

ぱちん、とその人が指を鳴らすと、軽い爆発音がした。

そのクラッカーみたいな音は、オーケストラの音にかき消されるくらい小さかったけど、効果はてきめんだった。

シャンデリアの鎖の一部が砕け散る。重さで言えば百キロを超えそうなシャンデリアが、斜めに傾いた。

「落ちないでよ‼」

思わず悲鳴のような声を上げる。シャンデリアはかろうじて落ちなかったけれど、ふらふらぶらぶら危なっかしく揺れている。

その光景に、絹を裂くような悲鳴があちこちから上がった。

「姫君、こちらに！」

ノーゼンクレス公が、クリスティアーナ姫をシャンデリアから遠ざける。

一方、あたしは恐怖のあまり固まってしまった。足が棒になったように動かない。

不安定に揺れていたシャンデリアが、自重《じじゅう》に耐えきれなくなって落ちてくる。直撃はまぬがれたものの、砕けたクリスタルの破片なんかが飛んできた。とっさに腕で顔を庇《かば》う。

「姫さん！」

ぐいと誰かに腰を抱えられて後ろに引きずられる。

その直後、あたしが立っていた場所に、ひときわ大きいクリスタルの破片が飛んできた。当たっていたら確実に怪我をしていたと思う。

助かった。あたしは腰をひねって、助けてくれた人を振り返る。

「いりあす……」

「ああ、間に合ってよかった……」

髭面《ひげづら》の大男が、ほっとしたように唇を緩《ゆる》めた。

ざわめきとどよめきが大広間を満たす中、あたしはもう一回天井を見上げる。

あの黒い外套《がいとう》を着た誰かは、もう姿を消していた。


舞踏会は急遽《きゅうきょ》中止された。

あの後、近衛兵《このえへい》たちや侍従たちが総出でシャンデリアが落ちた原因を調べたらしい。その結果、シャンデリアの鎖が老朽化していたという結論になったそうである。

あたしはそれを、女官のシャーラさんから聞いた。今あたしに仕えている二人の女官のうちの一人だ。

調査の結果を知って、あたしは呆気にとられた。

シャンデリアの鎖が爆破される音を聞いたのだ、老朽化なんて信じられるわけがない。

「ありえないわ」

あたしはきっぱりと言った。目の前では、イリアスさんが幸せそうな顔でドーナツをぱくついている。今は自室に彼と二人きりだ。

「じゃあ、姫さんはあれが誰かに落っことされたって言いたいのかい？」

「ええ。爆発音がしたの」

「他にはだあれもそんな音聞いちゃいないぞ。証明するのは大変だ」

「でも……！　あんなに都合よく、シャンデリアがお姉様のところに落ちるかしら」

「だが、あのきんきらきんは俺より目方《めかた》があるんだろう？」

「そうね、間違いなくあるわ」

「そんなもん天井にぶら下げておいて、落っこちないなんて保証はないだろう」

ドーナツを平らげたイリアスさんは、指をなめてから言う。

「納得いかないかもしれないが、あれは老朽化が原因で落ちたって事にしておこう」

そう言うイリアスさんに、あたしは釈然としない気持ちを抱えながらも頷いた。

いくら訴えたところで、誰も信じてくれはしない。あたしは信用のない王女なのだから。


「二の姫様。ノーゼンクレス公でございます」

女官の言葉にあたしは目を見開いた。

舞踏会から数日が経った今日、あたしは一人になりたくて、王宮の庭園の中で最もさびれた場所でお茶をしていた。それなのに、目の前にはピンクブロンドの美男子がいる。

甘い顔立ちに甘い声。瞳は柔らかなあかがね色。女の子顔負けの白い肌。とても二十八歳とは思えない童顔。体はほっそりとしているけれど、弱々しさはない。

ゲームでは、無自覚な女ったらしという設定だった。甘い声で女性を褒めて、ぽうっとさせてしまう人。何かと理由をつけてヒロインのもとをたびたび訪れる彼に、プレイヤーは皆騙《だま》された。最初からヒロインに気がありそうだし、攻略なんて楽勝って最初は思う。

ところがそれは大きな勘違いで、彼はそうやって女性をもてあそぶのが好きなのだ。あくまで無自覚だけれど。

女性が自分に惹《ひ》かれていく過程が好きなだけだから、完全に虜《とりこ》にすると途端にどうでもよくなるどころか面倒くさくなってしまって、冷たく突き放す。ゲームだから許されてたけど、もし現実に存在したら後ろから刃物で刺されているわよ。

そんな人が今、あたしの目の前にいる。

「……どうして」

「二の姫様。私がお嫌いですか？　麗《うるわ》しいお顔を、そのように曇らせないでください」

柔らかなたれ目が特徴的な彼は、少し泣き出しそうなそぶりをしてあたしを見やった。そのあかがねの目がちっとも笑っていない事に、この人は気づいているのかしら。

その目は妙に迫力があって、あたしは気圧《けお》されてしまう。そのまま何も言えなくなりそうだったけど、なけなしの根性をかき集めて答えた。

「いいえ。あなたはお姉様のところへお見舞いに行っているものとばかり思っていたのよ」

クリスティアーナ姫は、あの事故にショックを受けて熱を出してしまった。そのお見舞いのために、あらゆる貴族が品物を届けに来ている。

当然、あたしにお見舞いなんて一人も来ない。誰からも心配されていないいんだって、改めて実感する。まあ、ぼろが出ないから気が楽っちゃ楽。

「お見舞いには行きましたが、お部屋に入る事すら許していただけませんでした。きっと、私たちに遠慮していらっしゃるのでしょう」

ゲームのクリスティアーナ姫は、自分の弱いところやみっともないところを他人に見せる事を、とても嫌っていた。そこは現実でも変わらないらしい。

すっぴんでいられるのは、自分のテリトリーの中だけ。クリスティアーナ姫はそういう女の子だ。

「本当にお優しい方です」

心底感心した様子でノーゼンクレス公が言う。ここから彼を追い出すチャンスだ。

「お姉様の事ばかり言わないでちょうだい！　誰もかれもお姉様お姉様って……！」

あたしは癇癪《かんしゃく》を起こしたふりをして、茶器を持ち上げた。

「落ち着いてください、二の姫様」

「うるさい！」

あたしは彼に茶器を投げつけようとしたんだけれど、それがとっても高価な事に思い至って手を止める。

この透き通るような白を出すために、たくさんの骨が使われているのだ。骨を使う茶器って、地球にもあったわね。確かボーンチャイナとかいう名前だったはずだ。

本当はすぐにテーブルに戻したかったけど、そんな風にしたら怪しまれる。だから激情をかろうじて押しとどめたように見せかけるため、数拍おいてから茶器をテーブルに戻した。

そして、わざと大きく息を吸う。まるで自分をなだめすかしているみたいに。

「……なぜここへ来たの？」

「二の姫様に大事なお話があります」

「どういった話かしら」

あたしは引きつった笑顔で問いかけた。まだ激情が静まり切っていないように見せなくちゃ。

「夜会の事です」

「あんな恐ろしい事についてのお話なの？　あまり聞きたくないわ。できるだけ手短かにしてちょうだい」

「わかりました」

すう、と彼の目が細められた。鋭く光るあかがねの瞳を見ただけで、彼がこの若さで自治区を任されている理由がわかる。それは有能な統治者の目だった。

「……あなたは、あれが落ちる事を知っていましたね？」

単刀直入に聞かれた。答え方を間違えれば、あたしが犯人だと疑われかねない。

「ええ、気づいていたわ」

あたしは正直に答えた。下手に嘘をつけばぼろが出る。

「なぜ、とお聞きしても？」

あたしは姿勢を正して座り直す。そして相手を真っ向から見つめた。

自信がありそうに見えるかしら。何もやましくないという自信が。

「わたくしが座っていた場所から、シャンデリアが揺れているのが見えたの。一つだけ、とても不安定に揺れていたわ。まるで支えが弱くなったかのように」

「……なるほど」

ノーゼンクレス公が、考えるように顎《あご》に手をやった。

「では、姫君があの時私たちに詰め寄ったのは、あれから遠ざけるためですね？」

「なぜそう思うの？」

「私とあなたは、あの夜会で初めて会った。それなのに、あのような事をおっしゃるのは不自然だからです」

「そうかしら？　前に会っていても、気がつかなかっただけじゃないかしら？」

「というと？」

「あなたが、お姉様ばかり見ていたとか」

そんな皮肉をわざと笑顔で言う。ぎくりとした事に気づかれてはいけないから。

「それはありえませんね。間違いなく、私は先日初めてあなたと対面した。それなのに、あなたは私を奪うなと一の姫に言った。その理由を考えてみたのですが、私たちをあの場から遠ざけようとしたとしか思えないのですよ」

敏《さと》い方ね。でもそれは肯定できない。だって、あたしはクリスティアーナ姫を嫌っていると思われているのだ。それを知らないのはクリスティアーナ姫だけ。まあ、実際は周りの女官たちが教えているかもしれないけど。

「さあ、どうかしら」

あたしはすっとぼけた。

しばしの見つめ合いの後、ノーゼンクレス公がふふっと笑う。

「あなたはなかなか食えない方《かた》のようです。噂《うわさ》は信じない方がよさそうですね」

そう言い残すと、彼は用件は済んだとばかりに立ち去った。

そこでようやく、あたしは手にかいていた汗をぬぐう。

「どう思われたかしら」

あたしの呟《つぶや》きに、後ろから言葉が返ってきた。

「多少の疑惑は持たれたかと」

植え込みに隠れるようにそばに控えていたのは、イリアスさんだ。

「さすがにあれだけで、わたくしが犯人だとは思わないでしょうけどね」

そう言いつつ、寒くなってきたから中に入る事にした。

「戻るわよ、イリアス」

「仰《おお》せのままに」

彼はわざとらしく丁寧に答える。

「あなた、慇懃《いんぎん》無礼《ぶれい》って知ってる？」

「さあ？　学のない人間なんで」

「……そう」

あたしは溜息をついて歩き出した。

あの舞踏会から一月《ひとつき》半が経った。

美しく整えられた庭園の、花が咲き乱れるスペースで、令嬢たちが少し小さめの声でおしゃべりしていた。

「クリスティアーナ姫様、素晴らしいお声ですね」

「ありがとう、ミーシャ様」

「まるで天使の声のように聞こえましたよ」

「そんなに褒めていただくほどじゃないわ」

名のある貴族の子息や令嬢が、クリスティアーナ姫の歌声を褒めそやしている。

「本当に、熱が下がってよかったですわ」

「ありがとう」

「お体はもう大丈夫なのですね？」

「ええ、もちろん」

「姫様の麗《うるわ》しい声を、もう一度お聞かせ願えませんか」

「いいけど、笑ったりしないでちょうだいよ」

クリスティアーナ姫の照れたような声の後に、竪琴《たてごと》のなめらかな音が聞こえてくる。ぽろぽろと弾かれる音は、星をこぼしたみたいだった。

彼女が歌うのは、最近流行《はや》りの恋の歌。乙女の純情を表した曲だ。

高く透き通ったその声は、耳に心地よいものだった。

まるで女神のような乙女が胸に手を当てて歌うさまは、非常に絵になる。というか絵になりすぎる。

それを見ている貴族の若者たちは、夢のようだと第一王女を讃《たた》える。下心がないとは思えないけれど、中には純粋な褒め言葉もあるんでしょうね。

あたしはそれを物陰から覗《のぞ》いていた。

「……なんで行かないんですか？」

ぼそりと尋ねてくるイリアスさん。答えなんてわかりきっているくせに。

「行って何になるの。わたくしがあそこに行っても、誰も喜ばないわ」

「そんなこたぁ――」

「あるわよ。わたくしだって空気くらい読めるわ」

イリアスさんの言葉に被せるように言う。あたしがあの場に出ていって何かいい事があるとは思えない。嫌われ者の、出来損ないの王女なんて邪魔なだけだろう。

それにしてもきれいな声だ。思わず感心してしまう。

今はそれを聞いていても、昔と違って悔しさは感じない。あの身を焦《こ》がすような悔しさは、少しも湧いてこなかった。

あれはもうレベルが違うのよ。何せ乙女ゲームのチートヒロインなんだから。

「……お姫さん、あんたはどれだけ重いものを抱えて生きてんだ？」

あたしが自虐的《じぎゃくてき》な言動をとったせいか、イリアスさんがやけに心配してきた。

「そうね、いっぱいって言っておくわ。……さ、行きましょ。この辺は日あたりがいいから本を読むのに最適だと思ったんだけど、これじゃ集中できないし」

そう言いつつ踵《きびす》を返す。悔し紛《まぎ》れの言い訳に聞こえてないといいんだけど。

そんな事を考えていたら、また貴族たちの声が聞こえてくる。

「一の姫はバスチア王国の宝。まこと素晴らしいお方ですね」

「ええ。この王国で最も重んじられるべき人ですわ」

「どうして神はこのような方をお作りになられたのか……」

「これぞ奇跡と言っても過言ではありません」

クリスティアーナ姫の事を皆が褒める。素晴らしい、素敵だ、ってたくさんの美辞麗句《びじれいく》が並べたてられた。

それ自体は別にいいのよ。優秀な王位継承者を褒めるのは普通の事だし。

褒めたくなるくらいいい歌声なのも事実で、それは否定できない。

でもちょっとばかりもやもやしてしまうのは、ただあたしが大人になり切れないだけ。自分と彼女は違う生き物だって、完璧に割り切れないだけだった。

多分赤の他人だったら、もっと早く割り切れる。それができないのはあたしが双子の妹だから。

同じ血を受け継いでいるのに、どうしてここまで差がついたのかなんて、少しばかり考えてしまう自分がいるのだ。

長年そういう鬱屈《うっくつ》した思いを抱いていたから、前世を思い出した今もそれが心の中に残っている。

本当にどうしようもないって、こういう事を言うんだろう。

「行くわよ。……それとも、あなたもお姉様の歌を聞いていたいの？」

イリアスさんが聞きたいっていうなら、もうちょっとだけここにいてもいい。けれど、彼は首を横に振った。

「いんや、お姫さんが行きたいなら行こう」

本当に未練なんて何もないって感じだった。

ちょっとびっくりしたわ。あの声をまだ聞いていたいって思わないのかしら。

「じゃあ行きましょう」

そう言って立ち上がる。ずっと座り込んでいたから、一瞬ふらついてしまった。それを当たり前のように支えてくれるのは、大きくてがっしりした腕。何度目だろう、この腕に助けられるのは。

「あんた、もうちょっと体力つけないとな」

「なかなかうまくいかないのよね。それが」

顔が近い。イリアスさんはあたしと話をする時、必ず少しかがむのだ。

そうすると目線がしっかり合うから、彼とちゃんと話している気分になれる。そうわかった上でやっているのだろう。イリアスさんは優しいから。

あたしは本を持ったまま歩く。杖をつきつつ、イリアスさんを従えて。

「そうだわ、イリアス。例の事故の報告書は手に入ったかしら？」

「こちらが報告書です。俺が読んでもわかりませんがね」

「そう、貸してちょうだい」

めくってみたら走り書きのように雑な字で書かれていて、明らかに正規の報告書ではなかった。

一目で写しだってわかる。正規の報告書なら、字がきれいな人が書くはずだもの。

「これは写しね？」

「ええ、写しだと聞いています」

確認をとったらあっさり頷かれた。やっぱり正規のものは手に入らないか。

「そう」

それを小脇に抱えてまた少しよろけたあたしの腕を、イリアスさんがつかんだ。

「お姫さん、油断してると転ぶぞ」

笑いながら忠告してくる彼は、あたしを馬鹿にしているわけじゃない。

「じゃあ、あなたが持っていて」

そう言って、後ろを歩くイリアスさんに書類を渡す。そして庭園の生け垣を右に曲がった時、あたしはその人に出会った。

そこにいたのは、黒髪に紫の目をした青年だった。

彼はきっとあたしの事なんて知らない。だけどあたしは彼を知っている。

だって何度も見たのだ。繰り返し、繰り返し。そう、あの乙女ゲームの中で。椅子に座って弦楽器――リュートの調整をしている彼を、思わずじっと見つめてしまった。いえ、見とれているって言った方が正しいかもしれないわ。

目が離せない。まるで固定されてしまったみたいに。実物はこんなにきれいなのね。

この世界を嫌っているかのように冷め切った眼差しと、何をしても嬉しくなさそうな顔。薄い唇と、彫刻みたいに整った目鼻立ち。長くてすらりとした手足は、嫌味なほど均整が取れていた。

ちょっと……臆《おく》してしまうと言えばいいのかしら。動けなくなるくらいに圧倒される。

こんな人間が他にいるかしらって思うほどに、きれいなその人が、下に向けられていた目をふっと上げる。

心臓が痛い。見つめられるだけで胸がぎゅうっと引き絞られる。

その人は、あたしを見て目礼《もくれい》した。

あたしが誰だか知っているのね。きっと彼もあの夜会に出席していたんだわ。そうじゃなかったら、あたしが誰だかわからないはずだ。

早く通り過ぎたいのに、足が前に進まない。

なんでだろう。ただ立っているだけで精一杯だった。

「お姫さん？」

イリアスさんが小声で呼びかけてくる。

そんな怪訝《けげん》そうにしないでよ、こっちだって予想外の事態に戸惑ってるんだから。

目の前の人はあたしがいつまでも動かないからか、すごく冷たい顔になった。この女も自分に取り入ろうとするのか、とでも言いたげな眼差し。うまく口が動かないのに、つい話しかけたくなった。

「リュートをお弾きになるのね」

あたしがそう言うと、彼は抱えている弦楽器を見やってから答える。

「よくご存じですね。二の姫様が楽器に興味がおありだとは知りませんでした」

ちっとも笑わない彼。氷の貴公子という呼び名が頭をよぎった。

「これくらいは普通の知識じゃないかしら」

「普通、ですか」

そこで、くつくつと彼が笑った。ものすごく冷たい目をしたまま。

「あなたはリュートが好きではないのかしら」

「どうしてそう思うんです」

「そうやって冷たいお顔で笑うから、弾いていても楽しくないんじゃないかと思ったのよ」

彼は目を丸くした。こうすると人間味が増す。でも彫刻のように美しいから、そういう顔もさまになっていた。

「冷たい顔をしていますか？　私は」

「ええとても。声をかけるのをためらってしまうくらい」

「では、なぜ声をかけたのですか？」

「どうしてかしらね。強《し》いて言うなら、あんまりにも楽しくなさそうだったから……じゃないかしら」

そこで、あたしははっとした。

「わたくしとした事が、名乗るのを忘れていましたわ。バーティミウス・アリアノーラ・ルラ・バスチアです」

「お名前は存じています。申し遅れました。私はジャービス・セプティス・ルダ・エンプウサです」

「エンプウサの方」

あたしはその言葉を口の中で転がす。

彼の名前はもちろん知っていた。「スティルの花冠《かかん》」の攻略対象で、ヒロインを最初から毛嫌いしている。

短く切りそろえた黒髪と、妖艶《ようえん》で不思議な雰囲気を湛《たた》えた紫の目。黒紫の衣装を好む彼はイメージカラーも黒紫だったはずだ。十六歳、まだまだ未熟な貴族の令息である。

氷のように冷たい目をして、ぞっとする笑みを浮かべる冷酷な少年っていうのが、ゲームでの設定だった。陰で氷の貴公子と呼ばれているとかいないとか。

背丈はあたしよりも頭一つ分高いけれど、この世界の男性としては平均的な身長だ。ちなみにイリアスさんとは頭一つと半分以上の差がある。つまり非常に大きい。……話がずれたわ。

とにかくこの人はヒロインを憎んでいる設定のはず。どういった経緯か知らないけれど、悪役のバーティミウスと手を組んで、ヒロインと他の攻略対象との仲をあれこれ邪魔していく。でも彼のルートでは最終的にヒロインを愛して、バーティミウスを裏切るのだ。

「確かエンプウサというのは北の方でしたわよね？　吐く息も凍《こお》るほど厳しい冬がやってくるとか」

ゲームの設定やルートの事を思い出したけど、あたしはそれを顔に出さないようにして、あたりさわりのない話をした。

「ええ、よくご存じで。確かにエンプウサは王国一寒さの厳しい土地です」

彼は頷いて、淡々と続ける。

「それに比べて、ここはあまりにも生ぬるい」

その言い方にあたしはぞくりとした。生ぬるいという言い方に違和感を覚えたのだ。なんか、ただの気温の話じゃないみたいで。

「……わたくしは、この城から出た事がないのでわからないわ」

「そうですか。一度避暑に訪れてください。きっと気に入りましょう」

そう言って、彼はまたリュートの調整を始める。なんだか立ち去りがたくて、居座る理由を探していたら、都合のいいものを見つけた。

あたしは庭園のいたるところに置かれている長椅子のうちの一つに腰かける。

「イリアス、書類」

手を突き出して言うと、イリアスさんが気の抜けた返事をした。

「ここで読むんですかい？」

「ええ。日あたりがちょうどいいわ。その割に蒸し暑くないし」

なんて言って渡された書類をめくる。

予想通り、あれは事故だったという見方が強いみたいね。落ちていた破片の一つ一つに、燃えたような痕《あと》はなかったらしい。そうなると、爆破されて壊れたという見方はできない。

じゃあ、あの時フードを被った人が投げつけたものは、一体なんだったのかしら。

いくら考えても答えが見つからない。あたしは眉間《みけん》に寄った皺《しわ》を伸ばして考える。すると、誰かに声をかけられた。

「お悩みのようで、二の姫」

「あなたには関係のない事よ」

そこで相手の方を見たあたしは、驚いて悲鳴を上げかけた。

すぐ目の前にものすごい美形がいたら、誰だってそういう反応をするんじゃないかしら。かなり近い距離から、ジャービス様が書類を覗《のぞ》き込んでいたのだ。

「この前の落下事故の調査報告書ですか。一体何に納得がいかないのです？」

さっと流し読みしたらしく、彼が問いかけてくる。

「どうしても、あれがただの落下事故だと思えないだけよ」

「誰もが事故だと思っているのに？」

「ええ。……妙なものを見たから」

あたしはそう言ったきり口をつぐんだ。これ以上言えば、あたしに疑いがかかるだろう。彼が興味深げな視線を向けてきたけれど、気づかないふりをして書類をめくる。

「そうですか」

報告書を読む限り、あれは事故だと判断せざるをえない。

もし事故じゃなかったとしたら疑問が一つ。あれは一体誰を狙ったものだったのか。

クリスティアーナ姫？

それとも他の誰か？

真っ黒な外套《がいとう》を着た人の姿が脳裏に浮かぶ。

もし誰かを狙うにしたって、シャンデリアを落とすなんて大胆だ。成功するとは限らないし。

という事は……シャンデリアを落とす事自体が目的？　あのシャンデリアを落として、どんなメリットがあるのかしら。

「くっ」

隣から笑い声が聞こえてきて、あたしはぎょっとする。見ればジャービス様が笑っていた。それはさっきまでの凍《こお》りつくような笑顔じゃなくて、実に楽しそうできれいな笑顔。

この笑顔もゲームで見た事がある。彼のルートで、クリスティアーナ姫に最後に向けられた好意的な笑顔だ。

なんでその顔であたしを見るのか、さっぱりわからない。

「面白い方だ。くるくるといろいろな表情をなさる」

あたしは思わずどきりとした。相手が美形なせいだ。イリアスさんだったらこうはならない。

「そのように表情豊かな方だとは思いませんでした。あなたは〝美しい〟」

褒められてるんだか、貶《けな》されてるんだか。

前世のあたしだったら殴ってる。馬鹿にしてんじゃねえとか怒鳴って。結構キレっぽかったのよ。すぐ怒ってたもの。

「お戯《たわむ》れを。お姉様に比べたら、わたくしなんて」

いっそ不機嫌な顔をしてやろうと思ったんだけど、どうにもうまくいかない。攻略対象の中でこのキャラが一番好きだからかしら。

うん。前世では一番熱を入れてプレイしたものね。三つあるルートを全部制覇したし、公式グッズを買うために、遠路はるばる東京まで行った事もあるほど。あれ高かったのよね……

「美しさには種類がありますゆえ。あなたの美しさは、一の姫の美しさとはまた違う」

「へえ、そう」

あたしは怒りを通り越して感心した。物は言いようだわ。

そうだ、それよりも――

「イリアス、行くわよ」

「どこにで？」

「事件は現場で起こってるのよ！　別の場所であれこれ考えても意味ないわ。原点に立ち帰るの」

「はあ」

あたしは首をかしげるイリアスさんを従えて、もう一度あの大広間に行く事にした。

用事がなくても王女という肩書があれば、大概の場所には入り込める。今日もその特権を乱用して大広間に入った。

あの日シャンデリアが落ちた場所に立ってみる。ここに来れば何かひらめくかも……と思ったのだけど、どうもぴんと来ないわね。

「イリアス、もう一度報告書を見せてちょうだい」

「はいよ」

イリアスさんから報告書を受け取って、不作法だけど床に広げて眺めてみる。

なぜか王宮の間取り図も入っていて、それを矯《た》めつ眇《すが》めつ見ていたら、ある事に気がついた。

「……そうか、中央なんだわ」

「え？」

「イリアス！　ちょっと見てちょうだい」

「はあ」

わけがわからないという顔をするイリアスさんに、間取り図を見せる。

「ここは……このシャンデリアが落ちた場所は、〝王宮の中央〟なのよ！」

「それがどうしたんで？」

「この王宮は東西に羽を広げたような形をしているの。東には神殿、西には教会があるわ」

「何がなんだかさっぱりわからねえぞ、お姫さん」

「ここは神学的に言えば、術の力を最も強くできる場所なの」

「術ってえと、黒魔法だの白魔法だのいうあれか」

「一般的にはそういう言い方をされてるわね。正確には黒魔法と白魔法なんて分け方は存在しないのだけれど。……話を戻すわ。この大広間は王宮という〝術を増幅させる力を持つ場所〟の〝中央〟なの。そしてここは、その中心――心臓部なのよ」

あたしは膝をついて床を眺めた。あたしの仮説が正しければ、このあたりに何かおかしなものがあるはずだ。

「イリアスも探して」

床を杖で何回も叩きながら、あたしは言う。

「何を？」

「床が変色してないか。変な盛り上がりがないか。……気持ち悪い場所はないか」

「気持ち悪い？」

怪訝《けげん》そうに言うイリアスさん。そういうのを探した経験のない人に探してって頼むのは、難しいものがあるわね。でも、やってもらわないといけない。

「意識しながら探せば、力が強すぎて気持ち悪くなるはずなの」

そう言いながら何度も床を叩く。

もしあたしが何か魔術的な事をしたかったらここを使うわ。シャンデリアだって落っことす。

だって都合がいいもの。シャンデリアの落下事故を起こせば、床石の修繕工事に乗じて下に何か仕込む事ができる。

そんな事を考えつつある場所を叩くと、妙な音がした。他の場所とは明らかに違う音。

絶対にここだと確信を持てるくらい、その音は変だった。あたしは杖の先端を使って、床石を引きはがそうとする。

重い。すごく重い。非力なあたしじゃどうしようもないわ。バールでも使わなきゃだめね。

「そこかい？　俺がやろうか」

「大丈夫。あたしがやるわ」

そうは言ったけど、結局はがせなかった。

「やっぱり手伝って」

「ほら見た事か」

イリアスさんは呆れながらも手を貸してくれる。二人で全力を出して床石をはがそうとしたら、意外とあっさりはがれた。

そこの土を掘っていくと、手が泥まみれになる。最初は何も見つからず、自信が揺らぎそうになった。

でも推測が正しければ、ここに何かがあるのだ。あのフードの人があんな派手な事故を起こしてまで仕込もうとしたものが。

掘り進めていくうちに、指に何かが触れた。

「あった！」

あたしはそれを両手で引っ張り出した。

女でもどうにか抱えられるくらいの大きさの壺。蓋《ふた》には何枚もの呪符《じゅふ》が貼られている。

でも呪符には腐りやすい紙が使われていた。このまま土の中に埋めておけば、呪符で押さえ込まれていたものはいずれ出てきてしまうだろう。

それを抱えていたら、背筋がざわりとした。

なんだろう、ものすごく嫌な予感がするわ。

中から、何か生き物がうごめく音がした。

どこかで聞いた事がある。あたしはそれを知っている。生き物の入った壺。それもたくさん。

怖くて蓋を開けられない。どうして怖いんだろう。知っているから怖いんだ。でも何が怖いんだろう。

頭をひねってひねって、ようやくあたしは思い出した。

「蠱毒《こどく》、だわ」

自分で言ってぞっとした。この中には百匹もの蟲《むし》が入っていたのだ。

こうしてわざと共食いをさせれば残った一匹が神霊《しんれい》になり、人を呪い殺すほどの力を持つという術。それが蠱毒だ。

壺を取り落とさずに済んだのは、恐怖で手が凍《こお》りついたから。

「姫さ――」

「そこまでです、二の姫様」

じゃきんという音がして、振り返れば近衛兵《このえへい》たちがいた。誰もがあたしを、けがらわしいという目で見ている。

「それ以上、悪あがきをなさいますな」

「何を言って……」

「あなたはたった今、大広間の床に黒魔術を仕込もうとなさいました」

「違うわ！」

あたしの訴えを無視して、近衛兵たちが言う。

「それを開けてみてください」

あたしはすぐに無罪を証明するため、蓋《ふた》を開けようとして……手を止めた。

この床石は、舞踏会の後の修繕工事の時に一度はがされている。

それと同時にこれが仕込まれたとしたら――蠱毒《こどく》の術が完成しているという事だ。

背中の毛がぞわりと逆立った。

そんなものを解き放ったら。血に飢《う》えた神霊《しんれい》を解き放ったりしたら。

ここにいる誰もが、ただじゃすまない。

それどころかとんでもない災厄《さいやく》を、この世界にもたらしてしまうのだ。

そう気づいた途端、開ける事はできないと思った。たとえ無実の罪を着せられても、絶対に開けられない。

「できないわ」

「なぜです。なぜ開けられないのですか」

「これは危ないものだから」

「……つまり二の姫様は、その中身が何かご存じなのですね」

「ただの推測でしかないわ」

人の話を聞きもせず、近衛兵の一人が言う。

「危ないもの？　そんな風に考えるのは、仕込んだご本人だからでしょう」

「違うわ！」

そう言いながら、なんでこんなに嘘くさく聞こえるんだろうと思った。

これでは、誰もあたしを信じない。

「わたくしではないわ！」

壺を抱えたまま叫んだ。

かたかたと蓋が音を立てる。あたしの声に反応したかのように。

あたしは近衛兵たちを睨《にら》みつけた。

蓋は開けない。神霊は解き放たない。絶対に。

「わたくしではないけれど、これが危険だという事だけはわかるの。だから絶対に開けません」

それでも近衛兵たちの剣は、あたしに向いたままだった。

「では、その壺をこちらにお渡しください」

別に開けないなら構わないと思って、素直に壺を渡す。

その時、誰かの声がかけられた。

「バーティミウス」

そちらを見れば、金の髪を持ち、とても若く見える国王——お父様がそこにいた。

「お父様……」

助かった。これであたしの無実を証明してもらえる。そう思ったんだけど……

「まさか、お前がこんな事を考えるとは思わなかったよ」

あたしの考えは甘かったようだ。お父様も娘のあたしを信じてくれないらしい。

「……違います、違います！」

呆然として一瞬反応が遅れた。そのせいで、余計にわざとらしく聞こえた気がする。

「わたくしではありません！」

「……部屋にお戻り、かわいい娘や」

必死なあたしを見てどう思ったのか、お父様は複雑な表情を浮かべて、近衛兵《このえへい》たちに指示を出した。

たちまち近衛兵たちに押さえ込まれ、あたしはどこかへ引きずられていく。踏ん張ろうとしたけれど、左足が動かないから無理だった。

「聞いて！　違う！　違う違う!!」

どんなに叫んでも、お父様には届かない。

その近くでイリアスさんが呆然としている。助けてほしいと思ったけれど、彼を巻き込む事はできなかった。

王宮の北の端に、貴族のための監獄塔がある。

明かり取り用の窓は高いところにつけられていて、飛び降りて逃げるなんていう真似ができないようになっている。もし飛び降りたら即死だ。

その代わりと言ってはなんだけれど、中は普通の牢よりはるかに上質な造りになっていた。莫蓙《ござ》ではなく寝台が置かれている事からもそれがわかる。

ここには貴族の中でも、大貴族と呼ばれるような人々……主に政治犯が収容されるのだ。

あたしはそこの一室で、窓の外を眺めていた。空はとてもきれいで、こっちの事情なんてなんにも気にしていないような天気だ。

どれだけ叫んでも無実を訴えても、お父様は聞いてくれなかった。それでも王女のあたしを普通の牢に入れたら外聞《がいぶん》が悪いし、いろいろ問題になりかねないから、こうして北の塔の最上階に入れたのだろう。

ここで判決が下るのを待つほかない。まさか怪物に襲われる以上の命の危険が迫るなんて思いもしなかったわ。だってゲームにはなかったわよ、こんな展開。

まあ、蠱毒《こどく》の術はそれを計画するだけでも重罪にあたるし、もし実行してしまったら、このバスチア王国じゃ死刑は免《まぬが》れない。

これを行うのは、主に暗殺を生業《なりわい》とする魔法使いたちだ。彼らは様々な手段を使って、より強力な神霊《しんれい》を手に入れようとする。

王宮の中央なんていう特に強い力場《りきば》に仕込まれていたのだから、あれが相当な力を有する神霊なのは間違いない。となると、いくつか疑問が出てくる。

「……犯人はどうやって、あそこから取り出すつもりだったのかしら」

ここには暇つぶしできるものが何もないけど、考える時間だけはたくさんあるから、この機会にいろいろ考えさせてもらう。

「あのシャンデリア落下事件の後に行われた修繕工事の時に、あれが仕込まれたと仮定して……封印がぼろぼろになって効力を失くすのは早くて二か月後。つまりそろそろだわ。もしあたしが見つけなかったら、どうなっていたか……」

あたしはバーティミウスの記憶をあさる。日本にいた時の知識じゃ、この国の魔法は理解できないから。

とはいえ、蠱毒の術で神霊を作る方法は知っていても、その封印が解けた時どうなってしまうのかは知らない。

そこではっとした。

「もしかして、あれを仕込んだ人は、誰かが気づくとわかっていた……という事かしら？」

ありえない話じゃない気がする。

犯人は、誰かがあれをちょうどいい時期に掘り出す事まで計算していたのだ。そして掘り出されたものを……裏から手を回して取り戻そうとしている？

でも、それってできるのかしら。あたしがやったという証拠になるあれを、近衛兵《このえへい》たちが簡単に手放すわけがない。

じゃあ力ずくで奪うつもり？　でもそうしたら大事になる。シャンデリアの落下事故を起こしてまで、あれを床下に隠したような人が、そんな雑なやり方をするかしら。

頭が痛くなってきて、あたしはこめかみを揉む。

最近、頭を使いすぎている気がする。推理ゲームじゃないでしょ、「スティルの花冠《かかん》」って。ただの乙女ゲームなのに、なんでこんなに頭使ってんのよ。

これならイケメン相手にきゃあきゃあ言ってた方がまだましだわ。

あたしは溜息をつく。ああもう、どうしよう。

イケメン相手にきゃあきゃあは、まあその辺に放っておいて。今重要なのは、冤罪《えんざい》を証明する事だ。

「誰ならあたしの無実を証明してくれるかしら」

イリアスさんじゃ主《あるじ》を庇《かば》っているようにしか思われないだろうし、そもそも彼は下級市民と同じ扱いを受けている。彼の言葉をちゃんと聞いてくれる人は王宮にはいない。

「打つ手なし……かしら。いっそ脱獄？　だめね、あたしが逃げおおせるわけがないわ」

もしこの足がまともに動くなら、脱獄を考えるかもしれない。塔の高さを考えるとちょっと怖いけど、やれない事もないだろうし。

「あー……」

あたしは立派な絹の寝台に寝転がる。

「どうしたらいいかしらね……というか、こんなルートあったかしら」

バーティミウスがこういう風に牢獄に入れられるルートなんてあったっけ。いくら考えても思い出せない。牢獄に入れられるルートはあったけど、こんな立派なところじゃなかった。

あのゲームの筋からいろいろと外れている。

バグ？　誤作動？　それとも隠しルートなの？

前世のあたしは隠しルートを二つクリアしたけれど、幻とまで言われた最後のルートへの行き方だけは知らなかった。

ネット上で噂《うわさ》されていた、制作者側が巧妙に隠したという誰得なのかわからないルート。

それに行きついた人は一人もいないけれど、制作者側はそのルートに出てくる攻略対象を紹介していたから、確実に存在すると思われるルート。

それがこれ？

そうだとしたら悪役のあたしが生きているのも、こうして予想外の事態にばかり巻き込まれているのも納得できるわ。

……待ちなさい、あたし。今はルートの事を考えるより自分の明日を考えなさい。

そう思って寝台から起き上がる。何か行動しなかったらなんにも変わらないし、やるしかない。

固く閉じられた扉を叩くと、数秒後に返事があった。

「なんの用事ですか」

その声は硬かった。当然だろう。見張りが好き好《この》んで罪人と会話をしたがるなんてありえない。

「ねえ、わたくしの判決が下るのはいつかしら」

なんでこんなにからっとした声で言っちゃうんだろう。この状況でも泣けないあたり、あたしって意地っ張りなのかしら。

それとも、バーティミウスは涙を流さない設定だから？

ゲームのバーティミウスは人前で泣かないキャラだった。苦しくても流せなかった涙はいつしか枯れてしまい、彼女の人格を歪ませたのだ。

「わたくし、早くここから出たいわ」

明るい声であっけらかんと言う。

「……姫君、我々にはそのような事はわかりかねます」

「だってわたくし、こんな場所に入れられる理由なんてないもの」

その言葉を聞いて、扉の外の見張りたちがひそひそ話し始めた。

気がふれたとか、心が壊れたとか、頭がおかしいとか。

言うじゃない。喧嘩《けんか》売ってるのかしら。

前世のあたしだったら扉をぶち壊してでも、こいつらを殴るのに。だんだん腹が立ってきたけれど、ここで怒りをぶつけても意味はない。

つばと一緒に怒りを呑み込む。落ち着け、あたし。

「だって、わたくしが何をしたというの？　あれは重罪中の重罪にあたる危険な術なのでしょう？　どうしてわたくしがそんな危ない事をしなくてはならないの？」

「……」

返事がない。どうやら扉の外の見張りたちには、話が通じていないらしい。

つまり、あたしが何の容疑で投獄されているかは知らないのだろう。王女が蠱毒《こどく》の術を使ったなんてとんでもない醜聞《しゅうぶん》だから、聞かされていないのかもしれないわね。

「本当におかしな話よ」

それだけ言うと、あたしは扉にもたれて座り込む。そして耳を扉にあてがった。

お行儀が悪いけど、外から情報を得るにはこうするしかない。

すぐさま見張りたちが言葉を交わし始めた。

「おい、二の姫は一体何をやったんだ？」

「俺たちが知っていい事じゃない。首を突っ込むな」

「俺、二の姫の話をもっと聞いてみたいかもしれない」

「ショーン。お前のその好奇心は命取りになるぞ」

見張りのうちの一人は、ショーンという名前らしい。でも、それがわかったからってどうにもならないだろう。

ただ、脱獄なんてできそうにないって事はわかった。それから、彼らはあたしの投獄理由を知らされていないという事も。

お金をちらつかせて逃がしてもらおうなんて、土台無理な話ね。大体、お金なんか持ってないし。

「噂《うわさ》によれば、一の姫が必死に助命を嘆願《たんがん》しているらしい」

「へえ。牢に入れられるほどの真似をした妹を助けようというのか」

「妹がそのような事をするわけがない、きちんと話を聞いてほしいと訴えているそうだ」

「一の姫って本当にお優しいんだな」

「毎日毎日王様に訴えているらしいから、減刑は間違いないだろうな」

「優しい姉ちゃんがいるっていいなあ」

そうか。あの人はあたしがやっていないと信じてくれているのか。

唇に笑みが浮かぶ。信じてくれる人がいる。それがあたしの原動力になる気がした。

考えなければ。あたしの無実を証明する手段を。


「ご無事でいらっしゃいますか？　お姫さん」

真夜中。誰もが眠りにつき、警備の兵たちもさすがに気が緩《ゆる》むような時間に、彼――イリアスさんはやってきた。

両手は血まみれで息も荒くて、普通の方法で来たのではないと一目瞭然《いちもくりょうぜん》な姿で。

どうして彼がここにいるのかわからず、あたしは呆然とした。

「あなた……」

それしか言えなかった。

「あんたが心配で、ちょっと強引な手段を取らせてもらったぜ」

手が血まみれなのは、何かとがったものを塔の壁に突き刺して登ったからだろう。こんな高い塔の最上階まで登ってきたら、そりゃ息も切れるわ。

塔をよじ登ってまで虜囚《りょしゅう》に会いに来るなんてありえない。普通じゃない。信じられない。

でも、イリアスさんは来た。

非常識で危険極まりない事をやり抜いた彼が、あたしに言う。

「あんたが、気が触れたという噂が流れていたから」

隻眼《せきがん》であたしを上から下まで眺めて、ほっとしたように表情を緩めた。

「その様子だと、頭の方はしっかりしてるみたいだな」

「イリアス、たかがそんな事で北の塔に侵入するなんて、あなた馬鹿じゃない？」

馬鹿というより大馬鹿と言うべきか。とにかく常軌《じょうき》を逸《いっ》している。この塔の最上階まで登ってくるなんて、やろうと思ってもやり遂げられる人はそうそういない。

「ああ、大馬鹿だな」

認めるのかよって、思わずツッコみそうになった。でも、あたしの声は震えて弱々しいものになってしまう。

「どうして……」

「俺が仕えてんのはこの国の王様じゃねえ。きんきらきんの空《から》っぽな頭した猿山のボスじゃねえ。あんただ。オーク相手に啖呵《たんか》を切った、勇ましいお姫様だ」

イリアスさんは迷いのない声であたしに言った。

「あんたが心配になって駆けつけちまうくらいには、忠誠を誓ってんだよ。俺は」

にい、と笑って鋭い犬歯をむき出しにする。こういう笑顔は初めてだ。嘲笑《あざわら》うような顔だけど、彼が嘲笑っているのはあたしじゃなくて自分自身なのだろう。

「あんたが大丈夫ならそれでいい。無事な姿が見たかっただけだからな。それより、あんたの姉さんに感謝した方がいいぞ」

「……え？」

「もうすぐここから無罪で出られるぜ、お姫さん」

「それは信じられる情報なの？」

あたしは無意識にそう聞いていた。だって簡単には信じられない。

「……情報源が不確定なんで、まだ言えない事もあるが……近々出られるって事だけは確かだ。信じてほしい」

真っ黒な隻眼《せきがん》が、まっすぐに見つめてくる。

「わかったわ」

あたしは頷いた。

ただ単純に、イリアスさんを信じていた。彼が言うなら信じられる。

それはもう直感でしかない。裏切られてもおかしくないけど信じようと思った。

「誰かいるのか!?」

急に扉の向こうから声がした。あたしたちの話し声が聞こえたのかもしれない。

慌ててイリアスさんを匿《かくま》おうとしたけれど、扉が外から勢いよく開かれる。

あたしは動揺を隠して扉の方を見た。

「二の姫様……？」

片手に灯りを持った見張りたちが牢内を見回す。

「気のせいでしたか」

そこでイリアスさんの気配が消えている事に気づいた。彼はもうどこにもいなかった。

窓の下を見下ろしたい衝動をぐっとこらえて、あたしは微笑む。

「夜風が涼しくて気持ちがいいので。詩を諳《そら》んじていたの」

見張りたちは、狐につままれたような顔をした。でも実際にあたし以外誰もいないから、信じる事にしたらしい。

「乙女の部屋に、うるさい音を立てて入ってこないで。無粋《ぶすい》だわ」

あたしが笑って言うと、彼らは頭を下げて出ていった。

ああ、よかった。ごまかせて。

見張りたちが出ていった途端、心臓がバクバクと激しく音を立て始める。体中から、どっと汗が噴き出した。

あたしは、そんなに嘘のうまい人間じゃないのだ。

ここでイリアスさんが見つかれば、あたしの立場はもっと危うくなる。

扉の外が静かになったのを見計らって、窓の下を見下ろす。外は真っ暗で、そこに誰かがいたとしても気づく事はできないだろう。

「おやすみ、イリアス」

ただなんとなくそう言って、あたしは寝台に入った。


それからしばらくは、なんにもなかった。いや、翌日もイリアスさんが来たけど、すぐに追い出したのだ。

一体どれだけ体力があるのか、本当に疑問だけれど。来てくれて……嬉しいけど。

毎日来ていたらさすがに危ないと思ったから、あたしの安否が確認できたならしばらくは大人しくしていて、と面と向かって言い放った。その結果、情報源になりそうな人を一人逃してしまったわけだけど……失敗かしら。

結局、あたしの頭じゃあれ以上の推測なんてできないし、ごろごろしてるしかない。贅沢《ぜいたく》だけどめちゃくちゃ暇だわ。

今日で何日目だっけ？　と壁の漆喰《しっくい》を爪で削った跡を眺める。

二週間か……判決がそろそろ下りそうだわ。多分命は取られないと思う。

なぜそう思うのかっていえば、イリアスさんの言葉を信じているから。

イリアスさんが言ったもの。あたしは無罪で出られるって。だからそれを信じる。盲目的だって言われたって構わない。

あたしを信じてくれる人を信じないでどうするの。そうでしょう？

そんな事をつらつら考えていると、扉が外から開かれた。

「お出になってください」

見張りの兵らしき声がした。どうやら判決が下ったらしい。

「あら、終わったのかしら」

あたしは起き上がってそちらを見る。扉の外に立っていたのは見張りじゃなくて、数人の近衛兵《このえへい》だった。

「ついてきてください」

近衛兵の一人があたしを先導する。その後をついて歩いていたら、通りすがりの人たちがこっちを見てひそひそ囁《ささや》いていた。

もうこのパターン飽きたわね。歩くたびにひそひそやられれば、そりゃ飽きるわよ。

……あれ？　この道って玉座の間に続く道よね。お父様から直々《じきじき》に判決を下されるのかしら。

そう思って玉座の間に入ると、お父様がそこに座っていた。

「バーティミウスにございます」

それだけ言ってお父様を見つめる。

「かわいい娘や。お前は無罪となったよ」

「本当ですか？」

そう言いながら、あたしは、心のどこかでイリアスさんを信じ切れていなかった事に気づいた。

だって、無罪になって意外だと思う自分がいたから。

「ああ。よくよく調べた結果、お前はあれを見つけただけだという結論に達したからね。安心しなさい。あれは厳重に封印される事になったよ」

ほっとすると同時に、あたしはその場に崩れ落ちた。体がかたかたと震える。

「よかった……」

気づけば両手で顔を覆《おお》っていた。思わず泣きそうなくらい安心したのだ。

死なずに済んでよかった。

まだ生きていられて、本当によかった。

「あれを仕込んだ犯人はまだわかっていない。これからは、軽はずみな行動はしないでおくれ。かわいい娘や」

「はい……」

王様が調べさせても、まだ犯人の尻尾さえつかめないなんて。犯人は、一体どこにいるんだろう。

そんな疑問が頭をよぎった。


「お姫さん」

玉座の間を出ると、いつの間に来ていたのかイリアスさんが立っていた。

「……ご無事で何より」

たったそれだけを絞り出すように呟《つぶや》く彼。

「わたくしが死刑になるとでも思ったの？」

そう尋ねると、本人に大丈夫だと言った人はゆっくりと答えた。

「最悪の事態は想定しなければならないでしょうが」

「そう。……それより行くわよ」

「どこに？」

「湯殿《ゆどの》よ。二週間もお風呂に入っていないから、体が臭う気がするの」

「……俺を従えて行くような場所じゃねえと思うんですがね」

「だって、何があってもわたくしを守ってくれるのでしょう？　安心しなさい、湯殿の中にまで入れなんて言わないわ」


牢から出された日の翌朝、あたしはご飯のあまりのおいしさに絶句していた。

ふわふわの白パンと温かいスープに、とろとろの半熟オムレツ。サラダの野菜は新鮮で、牢で出されたものとは全然違う。

本当においしい。今までそれに気づけなかったのが悔しいわ。……まあクリスティアーナ姫と一緒の朝食なんて、以前のあたしにはおいしく感じられないわよね。

そんな事を思いながら食べていたら、そのクリスティアーナ姫に話しかけられた。

「ねえ、バーティミウス。今日の予定は空いているかしら？」

あたしはきょとんとして相手を見つめる。すると、彼女は何かとてもいい事を告げるように言った。

「斎宮《さいぐう》様が昨日都入りなさったのよ。一緒に会いに行かない？」

この世界における斎宮っていうのは、国王の代わりに神様に仕えている女性の事。彼女が暮らす北のニヴァルという地は、神域とか聖域とか呼ばれている。

なぜ国王の代わりに仕えているのかっていうと、ニヴァルは王都から遠くて、国王が頻繁《ひんぱん》に行き来する事は難しいからだ。

斎宮は国王が変わるたびに、未婚の王族から選ばれる。一応、神様の花嫁という立ち位置らしい。国王の名代《みょうだい》で、神様の花嫁。その二つの肩書があるので、斎宮は王女よりもずっと位が高い。

ちなみに今の斎宮様は、あたしたちのはとこに当たる人だ。

確か十三年くらい前に選ばれたのよね。当時はあたしも子供だったから、はっきりとは思い出せないけど。

特に断る理由もなかったのであたしは頷いた。でも、どうして今の時期に斎宮様が神域から帰ってきたのだろう。

「じゃあ、午後一番に行きましょう」

クリスティアーナ姫は可憐に笑ってそう言った。なぜ午前じゃだめなのかと思ったけど、人に会うためにはいろいろと準備がいるのだろう。

自室に戻ると女官のシャーラさんが待っていて、あたしに来客があった事を教えてくれた。

「こんな朝早くから、どこの誰なの？」

「エンプウサの若君です」

エンプウサの若君……ジャービス様だわ。

「わたくしになんの用事かしら」

「二の姫様が古代クレセリア文字に詳しいと聞いたので、ぜひお話がしたいと」

「わかったわ、彼がまた訪ねてきたら通してちょうだい」

「はい」

シャーラさんがお茶を淹《い》れるために部屋を出た。

途端に独り言が口から漏れる。

「古代クレセリア文字に興味のある人が、わたくし以外にもいたのね」

ちょっと意外だった。学者でもなければあんな面倒くさい文字、誰も読まないだろう。前世の世界のラテン語とかと違って、古典を読むために学ぶ人もあまりいない。

「それは、クレセリア魔術文字《マーリン・コード》ってやつですかね」

不意にイリアスさんが聞いてきた。初めて聞く単語である。クレセリア・マーリン・コード。

「何それ。マーリン・コードって」

後ろを振り向いて問いかけると、不思議そうに見返された。

「知らないんですかい」

「知らないわ。どこの国のもの？　古代クレセリア帝国に関係する文字なのはなんとなくわかるけど、聞いた事がないわ」

「……あー」

イリアスさんがうなる。

「東の地方に伝わっている方言なんですが、多分、古代クレセリア文字と同じものだと思います。東の方では、それを魔術文字《マーリン・コード》と呼ぶんでしょう」

俺はあちこちの地方を彷徨《さまよ》いましたからね、とイリアスさんが言う。

「ふうん」

そう返しながら気づいた。あたしはこの人の事を何も知らないのだと。

でも、こちらから聞く事はしない。別に聞いたところで嫌がられるとも思わないけれど、誰だって隠しておきたい過去の一つや二つはあるから。

語らないのは語れないからだろう。聞きたいけど、聞くのはなんかいけない事みたいな気がした。

そこで扉が叩かれ、新米女官のヴァネッサが顔を覗かせる。

「二の姫様、エンプウサの若君がおいでです」

「通してちょうだい」

あたしは背筋を伸ばして椅子に座り直した。

朝の間に二回もやってくるなんて、急ぎの要件なのだろうか。

そう思っていると扉が開いて、華やかな容姿をしたエンプウサの若君が現れた。

「……いくつか、お話ししたい事がありまして」

優雅な姿で笑いかけられ、思わずどきりとした。

滅多に笑わない人に笑いかけられると、衝撃が半端じゃない。と言うよりも威力絶大、と言った方がいいのか。

心臓がばくばくしている。氷の貴公子の微笑みは、ほんっとうに洒落《しゃれ》にならない。

「古代クレセリア文字の事だと、先ほど女官から聞きましたわ」

「お話が早くてありがたい」

ジャービス様はそう言って、後ろに控えていた男の人を手招きする。その男の人は布に覆《おお》われた何かを両手で持っていた。

「古代クレセリア文字に精通しているあなたに、見てほしいものがあります」

その言葉と同時に、ジャービス様が覆いを取る。現れたのは透明な石板のようなものだった。

ぱっと見は氷の塊《かたまり》に見えた。それが氷じゃなくて水晶だと気づいた時、ジャービス様が言う。

「これは古代の水晶の石板です。盗掘されて闇ルートに出回ったものを手に入れたのですよ」

「盗掘？」

「はい。ご存じでしょうが、古代クレセリアの首都は、現在のエンプウサのあたりにあったのです。古代クレセリアは一晩で水に沈み、あたりは大きな湖となりました。それゆえ、わが領地は巨大な湖が半分以上を占めているのですが……湖に沈んだ貴重な遺物を手に入れて好事家《こうずか》に売りつけようとする輩《やから》が多く、盗掘は頭の痛い問題です。……まあ、それはさておいて。二の姫様、これはなんと読めましょうか」

あたしは水晶の石板を眺めた。

流麗な筆致で文章が書かれている。石に刻むのは一発勝負だし、これだけきれいに書くのは今の技術でも難しいだろう。

そう思いながら指でなぞっていたら、あたしはそれが普通じゃない事に気がついた。

「これ……本当に古代クレセリアの言葉かしら」

違う。こんな文法は見た事がない。意味が通じないどころか、単語の一つすら読み解けなかった。

「やはりそうですか」

「やはり、とは？」

「あなたに見せる前に、複数の学者に見せてみたのです。そうしたら判を押したように皆、『これは古代クレセリアの言葉ではないので読めない』と言いまして。では誰なら読めるかと学者たちに聞いたところ、二の姫様がこういった事に精通していると言われたので、こちらに伺わせてもらいました」

「そうだったの」

じっと眺めても、ひっくり返してみても読めない。逆さにしても読めないだろう。

「ごめんなさい、力にはなれないわ。だって読めないんですもの」

「いいえ、そのように言わないでください。おかげで、これが古代クレセリアの言葉でないと確信できました。ありがとうございます」

ジャービス様が頭を下げると、艶《つや》やかな黒髪がさらさらと揺れた。

きれいなものって、ずっと見ていても飽きないわね。失礼にならないように気をつけつつ、その髪を見ていた時だ。

「時に姫様」

「何かしら」

「……エンプウサ領で、よからぬ噂《うわさ》を聞きました」

一呼吸おいて、ジャービス様が再び口を開く。

「蠱毒《こどく》が、王国をむしばみ始めているようなのです」

なんてタイムリーな話題なの。あたしが蠱毒の術を使った容疑で捕まった事を、この人は知っているのかしら。

いいえ、お父様がその話を積極的に広めるわけがないから、きっと知らないのでしょうね。

「蠱毒が？　どういう事かしら」

あたしは平静を装《よそお》って疑問を投げかける。

「……数か月前から、蠱毒の術を用いたと思われる暗殺が横行しています。被害者に共通点がないので調査は難航していますが……誰にしろ、その犯人は少しずつより強力な神霊《しんれい》を手に入れています」

ジャービス様に見とれているのとは違った意味でどきどきしてきた。

強力な神霊。強力な力場《りきば》によって作り出されたであろう、あの神霊。

もしかして、その暗殺をしている誰かが、あそこに壺を仕込んだのかしら。

「お気をつけくださいさい。強力な神霊は、主《あるじ》のもとを離れても確実に命令を実行します」

そして主に力があればあるほど難しい命令をこなします、とジャービス様が言う。

「逆に、主の力が不足していたら？」

「神霊《しんれい》に食い殺されますね。しかし……今回の犯人は相当な力を有していると思われます。エンプウサ以外にも調査範囲を広げているのですが、人間が神霊に食い殺されたという話は一つも聞きません。数年前の事件の事がありますから、国王陛下も過敏になっていらっしゃる」

数年前……。あたしはバーティミウスの記憶を探った。

「……お兄様が暗殺された、あの事件ね」

お兄様と言っても、あたしたち双子とは母親が違う。当時正妃だったレイラ様が生んだ、異母兄の事である。

あたしはあんまり覚えていないけど、彼はとても優秀だったという。子供たちの中で、お父様の一番のお気に入りだったとも聞いた事がある。

でも蠱毒には勝てず、殺されてしまったのだ。それで心を病んだレイラ様が王宮を去ったから、第二王妃だったお母様が繰り上がりで正妃になった。

「はい。国王陛下はあの事件にショックを受け、たとえ誰であろうとも、蠱毒の呪法を使った者は厳しく罰するとおっしゃっていました」

ああ、だからあたしが疑いをかけられた時にも、話すら聞いてくれなかったのか。なんか納得できた気がする。

「姫様も、あまり危ない真似はなさいませぬように」

抜けるような紫の目が、すうっと細められる。はっとするほどきれいで、自分の毒々しい銀色の目が残念に思えた。

心臓の音がうるさい。いい加減、高速で鼓動を刻むのはやめてくれないかしら。

「……姫様は、私と目を合わせてくださるのですね」

「それがなんだって言うの？」

「……そういう女性はめったにいないので。いつも目をそらされますから」

「それは、あなたがきれいだからじゃないかしら」

「きれい？」

ジャービス様がきょとんとする。

「この醜《みにく》い私がきれいだと言うのですか？」

「あなた、それほとんどの男を敵に回す言葉よ」

ジャービス様が美しくなくて誰が美しいというのか。彼は妖艶《ようえん》で、神秘的な美しさを持っている。正統派の美形であるシュヴァンシュタイン公爵とは少し趣《おもむき》が違うけれど、きれいなのは間違いない。

「けがらわしい母から生まれた私をきれいだとおっしゃる方に、初めて出会いましたよ」

「お腹を痛めて生んでくれた母親を、けがらわしいなんて言ってはいけないわ。その人がいなければ、あなたは存在しないのだから」

その言葉を聞くと、彼は息を一つ吐いてから話し始めた。

「母は遊女でした。後継ぎが必要になったエンプウサの家に、私は養子として迎え入れられたのです。いつも家の者たちから、母はけがらわしい女だと聞いて育ちました」

「それが何？」

「え？」

「遊女だからなんだと言うの。その人がいたからあなたがいるのよ。こうしてわたくしとお話しするのだって、その方がいなければありえなかった事でしょう。自分のお母様を侮辱《ぶじょく》するのはおやめなさい。他の誰がけがらわしいと言ったとしても、わたくしはそうは思わないわ」

ジャービス様が呆然と見返してくる。その顔を見て、あたしは思い出した。

バーティミウスとジャービスは、ゲームの中ではしいたげられた者同士、繋がっていたという事を。

ゲームのジャービスは、幼い頃は人から悪意ばかりぶつけられていた。大人たちから放置されていた。その過去が彼の根っこにあるのだ。お母さんの出自が、このきれいな人を卑屈にしている。

「……ほんとうに？」

「嘘言ってどうするの」

あたしは彼の目をまっすぐに見る。嘘でもおべっかでもなく、思ったままを彼に伝える。

「あなたのお母様は、けがらわしくなんかないわ」

何度だって言うわよ。妊娠した女の人ばっかり責められるのはおかしい。だって男と女がいなくちゃ子供はできないのだから。

出産という命がけの事をしたのに、けがらわしいなんて言われるのは、絶対におかしいと思う。

そもそも遊女という事は、男がお金を払って彼女と関係を持ったはず。つまり選んだのは男の方なんだから、男も責任を取るべきなのよ。

「……」

ジャービス様の目から静かに涙がこぼれた。あたしは慌てる。

「え、え、泣かないでよ!?」

はらはらと涙を流すジャービス様が、自分の頬に触れる。男の人の涙がこんなにきれいに思えたのは初めてだ。

普段冷たい表情をしてばかりの人が、感情に揺さぶられて涙を流す。……これ、あたしがクリスティアーナ姫だったら確実にゲームのイベントだ。

「……一度でいいから」

嗚咽《おえつ》をこらえながらジャービス様が言う。

「そう言われたかった……」

「わたくしは何度だって言うわ。それが正しいと思うから」

あたしは彼が泣き止むまで、その背中をずっと撫で続けていた。

「大変な醜態《しゅうたい》を見せてしまいました」

ようやく落ち着いたジャービス様が言った。

「気にしないで。大丈夫、わたくしは誰にも言わないから」

「あなたは本当に不思議な方だ。噂《うわさ》と全然違う」

「噂は人が好きなように変えていくわ。時々噂の中にも真実があるけれど」

「そうですね、噂はあてにならないと、身に染みてわかりました」

ジャービス様が颯爽《さっそう》と立ち上がる。その姿も本当にきれいだった。

「では、失礼いたします」

「ええ。それじゃあね」

部屋から出ていく彼を、あたしは笑顔で見送った。

「あの人もいろいろあるのね」

そう呟《つぶや》きつつ今後の方針を決める。そして後ろに控えているイリアスさんに告げた。

「イリアス。明日は王立研究所に行くわよ」

研究所に行けば、古代クレセリア文字の事も蠱毒《こどく》の事も、何かわかるかもしれない。

「……お姫さんは」

「え？」

あたしはきょとんとした。「はい」か「いいえ」が返ってくると思ったのに、返ってきたのは違う言葉だったから。

言いよどむような様子でイリアスさんが口を開く。

「お姫さんは、どうしてそんなに優しいんですかね」

「優しくないわ。乱暴だし、実は口が悪くて喧嘩《けんか》っ早いの。おまけに癇癪《かんしゃく》持ちだしね」

「……じゃあ、どうして人を助けようとするんですか」

「別に人を助けようと思ってるわけじゃないわ。自己満足のために動いているだけよ」

そう言って振り返る。朝の清々《すがすが》しい光が部屋いっぱいに満ちているのに、窓を背にして立つイリアスさんは逆光で表情がわからなかった。それとも、イリアスさんだけ影が濃いのかしら？

イリアスさんの中で、まっ黒い何かがのたうっているみたいにも見えて、あたしは思わず目をこすった。

そうしたら黒いのは消えたから、おそらく目の錯覚だろう。

「……あんたは度胸のあるお姫さんだ」

「それは褒めているのかしら」

「褒めてるに決まってるでしょう。俺の助けなんていらないのでは？」

イリアスさんをじっと見ても、やっぱり表情はわからない。

でも、彼もこちらをじっと見ていたから、なんだかおかしくなってあたしは笑った。

「大丈夫よ、イリアス。あなたを解雇したりしないわ」

「そうですかね」

「当たり前じゃない、だってあなたはわたくしの命の恩人なんだから」

「そう、ですかい」

イリアスさんが苦笑いをした。

その時、新米女官のヴァネッサがノックもせずに入ってきた。そのまま小走りであたしに近づいてくる。

「二の姫様！　大事件です！　大、大、大事件です！」

この子は噂《うわさ》話をしていると興奮してよく声が高くなるけど、その時の倍くらい高いわ。一体何事かしら。

「何があったの？」

「斎宮《さいぐう》様に、求婚者が現れたのです！」

「はぁ!?」

あたしは口をあんぐりと開けそうになった。それだけ衝撃的だったのだ。

確か斎宮様って役職についているうちは結婚できないはずだけど。というか、神の花嫁なんじゃなかったかしら？

「それも隣国ラジャラウトスの皇太子殿下だとか！」

「嘘だろう？」

さすがのイリアスさんですら呆気にとられていた。

「あそこの皇太子といえば女嫌いで有名だぞ」

「え、そうなの？」

「俺があっちこっち彷徨《さまよ》ってた時はそう聞きましたよ。女が近くに寄るだけで首を落としかねないとか」

その情報が正しいのなら、皇太子様は一体どんな風の吹き回しで、よりにもよって斎宮様に求婚したのかしら。

「……なんだろう。嫌な予感がするわね」

斎宮様が帰ってきたのは昨日の事なのに、あたしの女官にまで噂が届いているならば、一週間もしないうちに王都中に広まるわ。それと同時に斎宮様の言動に皆が注目して、ある事ない事噂されまくるだろう。

クリスティアーナ姫も求婚の話を知って、斎宮様に会いに行くと言ったのかしら。


王宮の中には特別な部屋がある。斎宮様が戻ってきた時のためだけに用意されている、神殿に一番近い部屋だ。

「来ると思っていましたわ」

クリスティアーナ姫とあたしを見て、斎宮様は穏やかに微笑む。

白銀の髪と杜若色《かきつばたいろ》の目を持ち、象牙色《ぞうげいろ》の肌をした彼女は、せっかく持ってきた花束がみすぼらしく見えてしまうくらいきれいな人だった。

王族って、なんでこんなに顔面偏差値が高いわけ。前にもこんな事を思った気がするけど。

斎宮様は透き通った青い目を輝かせて言う。

「まあ、粉雪草《こなゆきそう》ですね。あたくしこれが大好きなの。覚えていてくれたのね」

「それはよかったです。なんとなく覚えていたので」

斎宮は王女よりも上位の存在だから、あたしは敬語を使っている。

真っ白い体をモノトーンの斎宮服《さいぐう》に包んだ彼女は、どこか妖艶《ようえん》に見える。体の線がほとんどわからないダボッとした服装なのに、ちょっとした動作が色っぽく見えるのがすごい。

ゲームではとってもおっとりしていて滅多に声を荒らげないけど、ある意味鈍《にぶ》い人っていう設定だった。でも会話にしか出てこなくてイラストもなかったから、姿形は完全に想定外。

実はバーティミウスは幼い頃、この人と一緒に暮らしていた時期がある。それがバーティミウスを苦しませた。

昔、斎宮様に優しくしてもらったから、他の人からの嫌われっぷりを痛感してしまったのだ。本当に、人生なんてどう転ぶかわかったもんじゃない。

しかし、この人がこんなに色っぽい美女になるとは思わなかった。声も人を落ち着かせる深みのある声だし。

彼女は、あたしが持ってきた粉雪草《こなゆきそう》を花瓶に生けるよう女官に言った。

「ところで、二人そろってやってくるなんて、一体どんなお話かしら?」

斎宮様が微笑みながら聞くと、クリスティアーナ姫が口を開く。

「観劇のお誘いに来たんですの。プレシス候のお抱えの劇作家が新しい脚本を書き下ろしたんですって。とても素晴らしい劇だそうですし、ぜひ斎宮様もと思って」

観劇だなんてあたしも初耳だけれど、今それを言うのもどうかと思ったので何も言わないでおく。

「まあ素敵。プレシス候のところの劇作家は、いつも名作を作るものね」

斎宮様が手を叩いてはしゃいだので、あたしは一人断るわけにもいかなくなった。

さっそく観劇に向かうべく、あたしたちは馬車停めまで歩いていく。

と言っても、あたしは杖をついているので、どうしても少し遅れて歩く事になる。だけど他の二人が何度も振り返って立ち止まってくれるから、気を使われているのがわかった。

「姫さん」

後ろから呼びかけられて立ち止まる。振り返ると、イリアスさんがいつも通りの顔で言った。

「行くんですかい？　あんた、観劇嫌いでしょう」

「あら、わたくしが観劇を嫌いだなんて、一体どこから聞いてきたのかしら」

確かに観劇なんて好きじゃない。というかうるさくて嫌。

恋愛劇は特にそうだ。黄色い悲鳴があたり一杯に響き渡って、セリフがまともに聞こえたためしがない。と言っても前世でしか経験がないけどね。この世界ではどうかわからないけれど、きっと同じだろう。

「違うんですかい」

「いいえ、嫌いだわ。でも付き合いというものがあるの」

あたしは小声で言った。前を歩く斎宮様とクリスティアーナ姫には、聞こえないくらいの音量で。

イリアスさんが静かに告げる。

「行きたくねえなら、行くな」

「……何かあるの？」

こんな風に引き止められたのは初めてだ。彼は一体何を考えているのだろう。

「……」

イリアスさんは口を開いたまま、言葉を探すように黙った。

ややあって、ゆっくりと言葉を紡《つむ》ぐ。

「俺は裏の世界に伝手《つて》があるんですけどね」

「そうなの？　知らなかったわ」

「そっちからの情報なんですが、今日の劇には……隣の国の皇太子が来るらしい」

だから行くなとイリアスさんは言う。わけがわからない。

斎宮《さいぐう》様に行くなと言うのならわかる。なぜってその皇太子に求婚されているからだ。観劇の席で言い寄られる可能性も否定できない。だけど、どうしてあたしに行くななんて言うのか。

「なあ頼む、行かないでくれ」

イリアスさんが懇願《こんがん》してくる。彼がここまでする理由がわからない。

そこで、あたしははっとした。

「イリアス、あなた皇太子様の何を知っているの？」

この人は隣国の皇太子の何かを知っている。だからこんなに引き止めるのだろう。

「聞かないでくれ。でも俺がお姫さんのためを思って言っているって、信じてくれ」

立ち止まってそんな話をしていたら、だんだん人目が気になってきた。

「バーティミウス？」

クリスティアーナ姫が呼んでくる。

「どうしたの？　気分が悪いの？」

「いいえ、今行きますわ」

そう返事をしてから、杖をついて歩こうとしたけれど、それはできなかった。

イリアスさんに腕を取られたのだ。いくら抵抗したって、あたしには振りほどけない。それくらい力の差は歴然としている。

「行くな」

二度目の言葉は、かなり強い調子だった。そのたった三文字がすごく重要な事のように感じられる。

「あなただけは行っちゃいけねえんだ」

いつも不敵な彼が余裕のない声で言う。

「あたしの事なら心配いらないわ、イリアス。何か起きるとしたら……斎宮様よ」

「お姫さん」

さらに言いつのろうとするイリアスさんに、ゆっくりと言い聞かせる。

「よく聞きなさい。わたくしにはあなたがいるわ。でも斎宮様はそうじゃない。だからわたくしが斎宮様を守らなきゃ。たとえ何かが起きそうだとしても、その情報をわたくしもあなたも、他の誰かには言えないでしょう」

裏から得た情報というものは、なかなか人には話せない。もしここで、あたしが斎宮《さいぐう》様たちにこの話を伝えても、それはどこから聞いたのかと言われて、要らない疑いをかけられてしまう。疑われるくらいなら言わない方がまし、という事がこの世には山ほどある。この情報も、きっとその一つだろう。

「あなたがわたくしを守って、わたくしが斎宮様を守る。それでいいでしょう？」

「杖をつかなきゃ歩く事もできねえお人が何言うんですか」

それはそうだ。あたしは思わず笑ってしまう。

「あなたが正論を言うなんて珍しいわね」

「お姫さん、俺ぁ本気で言ってるんです」

その言葉通り本気だという事がよくわかる声でイリアスさんは言った。あたしは彼を納得させるために言葉を続ける。

「一体どれだけの人が護衛についていると思っているの？　斎宮様と、王位継承順第一位の王女がいるのよ？　護衛は山ほどいるし、誰かが常に目を光らせるわ。それにあなたもいるんだから、怖いものなんて何もないわよ。ラジャラウトスの皇太子様だって、大きな騒ぎを起こすとは思えない」

皇太子が大勢の人の前で馬鹿をやるほど阿呆だとは思えない。むしろ賢いという噂《うわさ》だから、絶対に問題など起こさないだろう。

その噂が嘘で、実は途方もない馬鹿という可能性もなくはないけれど。

「……どうしても、行くんですかい」

「ええ」

「バーティミウス！　もう出発しなくちゃ間に合わなくってよ！」

クリスティアーナ姫が焦った様子で声をかけてくる。今すぐこっちに駆け寄ってきかねない。

それを聞いてイリアスさんは手を放した。

「行きましょ、イリアス」

「……はい」

急ぎ足でクリスティアーナ姫たちに追いつき、同じ馬車に乗る。

「どうしたの？　お顔が怖いわ」

斎宮様が心配してくれたから、あたしはなんともないと態度で示す事にした。

「そうですか？　いつもと同じ顔ですけれど」

「きっとバーティミウスは緊張しているのね。斎宮様と観劇を見に行くって事を、わたくしが内緒にしていたから」

「あらそうなの？　ふふふ、そんなに緊張なさらないで」

クリスティアーナ姫の言葉を聞いて、斎宮様がおかしそうに笑う。

「……ところで斎宮様。かの皇太子殿下との事はどうなさるおつもりですか？」

やっぱりね。予想通りクリスティアーナ姫が、あの話を持ち出した。

「お断りするわ。あたくしは斎宮で、生涯神に祈るのが務めですもの。皇太子殿下には申し訳ないけれど、神を裏切ってまで結婚したいとは思えないわ」

「いいのですか？　皇太子殿下ですよ？　未来の皇帝なのに……」

不思議そうにしているクリスティアーナ姫に、斎宮《さいぐう》様がにっこりと笑う。

「もし皇太子殿下の求婚をお受けしても、あたくしの出自が問題になってしまうわ。あたくしのお母様の身分があまり高くなかったというのは、ご存じでしょう？　その娘であるあたくしが、隣国の皇太子妃になると言ったら、陛下はあまりいいお顔をなさらないと思うの」

「そうですか。実は心配していたのです。宮中ではおしゃべりな女官たちが、いろいろ言っていたので……」

クリスティアーナ姫が少しためらいつつ言った。

「まあ、なんて言っていたの？」

斎宮様が目を輝かせる。

「斎宮様は身分違いの恋に悩んでふさぎ込んでしまっているとか、王宮に帰ってきてもお部屋に閉じこもっているのは恋に悩んでいるからとか……そういった話ですわ」

「あら。もしかしてその噂《うわさ》を聞いたから、あたくしを観劇に誘ってくださったの？」

斎宮様が穏やかに微笑む。女でもうっとりしてしまうほどきれいな笑顔だった。

「はい。少しは気晴らしになるかと思いまして。斎宮様はわたくしたちにとって、とても大事な存在ですから」

クリスティアーナ姫も絶世の美貌《びぼう》で微笑んだ。

この馬車だけ顔面偏差値が高すぎる。あたしが平均を大きく下げても、まだ異常値を叩き出している に違いない。

できれば二人の美しい顔をぼーっと眺めていたかったけれど、イリアスさんの言葉が気になって、そんな気分に水を差された。

ラジャラウトスの皇太子。この国の十倍はありそうなほど広大な国土を支配する、隣国の皇帝の後継ぎだ。

そんな彼がどうして……観劇に来るのかしら。

「お姉様は、ラジャラウトスの皇太子殿下についてどう思われますか？」

あたしは試しに問いかけた。

すぐにクリスティアーナ姫が答えを返してくれる。

「とても見目麗《みめうるわ》しい方だと聞いているわ。剣術に秀《ひい》でた人格者で、皇太子の鑑《かがみ》だとか」

……あれ？　おかしい。イリアスさんの話と合わない。

表向きは人格者という事になっているのかしら。それとも、イリアスさんの情報が間違っている？

いろいろ質問してみても、二人の口から極度の女嫌いだという話は聞き出せなかった。

宮廷のおしゃべり雀《すずめ》たちが、いかにも好んで話題にしそうな事なのに。この人たちの耳にまったく入ってこないなんてありえない。

一体どういう事？

ぐるぐる考えている間に、馬車が劇場に到着した。まずあたしが降りて次はクリスティアーナ姫が降り、最後に斎宮様《さいぐう》が降りる。身分的にこれが一番正しい。クリスティアーナ姫はさりげなく斎宮様に手を貸していた。

劇場に入ると軽いざわめきが起きる。斎宮様とクリスティアーナ姫が注目されてあたしだけは無視されるという慣れ切った状況だ。

「さすがは一の姫と斎宮様だ……実にお美しい」

「二人並ぶと、春の女神たちが降臨したかのようですわ」

「一の姫の可憐さ、斎宮様の麗《うるわ》しさ、どちらも比肩《ひけん》するものがない」

そういう言葉は聞こえてきても、あたしへの賛辞は一切ない。というか見られてさえいない。別に見られてなくても大して気にならないけどね。むしろ注目されない方が気楽だ。

「姫君！　斎宮様！」

そう言いながら駆け寄ってきたのは、身なりのいい男の人だった。

多分、劇場の関係者……例のプレシス侯だろう。

「プレシス候様」

クリスティアーナ姫がにこりと笑う。それだけで、だいぶ年上のプレシス侯がはっと息を呑んだ。

「効果は抜群だ」という言葉が思い浮かんじゃったわ。

「本日はお招きいただきまして、ありがとうございます」

「いえいえいえ！」

クリスティアーナ姫の言葉に、プレシス候は手をぶんぶんと振った。それから斎宮様を見て、嬉しそうに口元を緩《ゆる》める。

「まさか姫君だけでなく斎宮様までお越しいただけるとは……」

「招待券は三枚あったでしょう？　席を三つ用意していただけるかしら？」

「ええ、もちろん」

クリスティアーナ姫の問いに、プレシス候が笑顔で答える。ちらりとあたしを見た彼の目は、冷め切っていた。

あたしを見る人は皆こういう目をする。嫌われ者の王女をまともに見てくれる人なんて、めったにいやしない。

でも、そんなプレシス候の目つきにクリスティアーナ姫は気づかないらしい。多分、斎宮様も気づいていないだろう。自分に向けられなかったら、こういう視線には気づかないものだ。

「お席は向こうにご用意いたしました」

そう言いつつプレシス候が案内してくれるので、斎宮様たちの後についていく。

クリスティアーナ姫と斎宮様は、歩きながら今回の演劇の予想を立てていた。二人でかなり盛り上がっている。舞台の造りがどうとか演目がどうとか、役者の評価とか脚本の出来具合とか。話はいろいろな方向に飛び交っていて、あたしにはついていけない。

これが乙女の会話か。あたしには今まで縁のなかった世界だ。ずっと城に閉じ込められていたから、こういう話なんてしようとも思わなかった。

そこで、ふと思う。この劇場の警備ってどうなっているのかしら。

周囲の気配を探ると、イリアスさんが影のように密かに控えているのがわかった。他にも数人の護衛が見守ってくれている。あたしでも気づくくらいだから、完全に隠れているってわけじゃなさそう。それともあえて気配を消さずに、悪者を牽制《けんせい》しているのだろうか。

これなら大丈夫。何事もなく済むだろう。そう思えるほどの人数がそろっていた。

皆で観客席の階段を上がる。思ったより急で、あたしは四苦八苦しつつ上がった。片足が不自由だと杖をついていたって、階段というものはきつい。

前世の世界にあったオペラ座とかの貴賓席《きひんせき》は、そこに座る人物の姿を下の人たちに見せるという意味もあって、目立つ高い位置に作られていたって聞いた事がある。それはこの世界も同じなのかしらね。

「まずいな、あいつが来てるのか」

イリアスさんが小さく呟《つぶや》いた。

あいつって誰だろう。そう問いかけようとしたら、彼が耳元で囁《ささや》いてきた。

「お姫さん、ちょっくら確かめたい事ができたんで、あなたのもとを離れてもいいですかね」

「確かめたい事？」

一体何かしら。

「あなたがいないと不安だわ」

「大丈夫でしょう。俺が見ただけでも五人、近くに控えていますから」

「……わかったわ。行ってきなさい、イリアス」

大丈夫という言葉を信じて、彼の単独行動を許した。

「行ってまいります」

そう言ってイリアスさんが歩いていく。どうしてかその体の中に、まっ黒い何かが詰まっているように見えた。


初回という事もあって皆集中していて、劇の途中でおしゃべりするような不作法な人はいない。

でも、女の人の黄色い悲鳴は何度か上がった。

ざっと中身を言ってしまえば、清廉潔白《せいれんけっぱく》な騎士と異国の姫君の切ない恋愛劇だった。騎士が騎士道精神を発揮すればするほど、お姫様との間に誤解が生まれるっていう筋書きだ。じりじりさせられたけど、最後は無事に結ばれてハッピーエンド。

劇が終わって立ち上がると、ずっと座っていたせいか思わずふらついた。慌てて杖を支えにしっかり立つ。

「斎宮様《さいぐう》……斎宮様?」

あたしは斎宮様に声をかけて、あれ? と思った。

斎宮様はぼうっとしていた。何か思いわずらっているような顔だ。

まさか、この人も道ならぬ恋をしているのかしら。

斎宮様が暮らしている神域には、男の人は簡単に入れない。勝手に入ったら、それだけで死刑になるとまで言われている。そんな場所にいた上に、神の妻という立場にある斎宮様《さいぐう》に、接触できる男がいたとは思えなかった。

「素晴らしかったわ……。そう思わない？　バーティミウス」

まだ夢心地から抜け切っていないクリスティアーナ姫が、恍惚《こうこつ》とした声で聞いてくる。

「えっと……歌がうまかったと思います」

ごめんなさいクリスティアーナ姫。あたしには良《よ》し悪《あ》しがわかりません。

「もう、それだけ？　劇の内容についてはどう思った？」

クリスティアーナ姫がかわいらしく膨《ふく》れる。あたしは仕方なく、思った通りの事を言った。

「結局は幸せになれない二人だと思いました」

「どうして？　最後は思いが通じ合ったじゃない」

「誰からも望まれない結婚は、いずれ破綻《はたん》するでしょう」

「確かにそうかもしれないわね」

クリスティアーナ姫が納得した顔になる。

その時、彼女の従者が現れた。

「クリスティアーナ姫」

「何かあったのですか？」

「お父上からの伝言がございます」

従者はそう言って、ちらりとこちらを見る。

「ここじゃ話しにくいでしょうし、先に出ていいわよ。あたくしたちは後からのんびり行くわ」

斎宮様がおっとりと言う。けれどクリスティアーナ姫は逡巡《しゅんじゅん》していた。

「ですが……」

「きっと大事なお話だわ、あたくしたちよりそちらを優先なさい。ね？」

「では、お先に失礼します」

クリスティアーナ姫が階段を下りていく。

「あたくしたちも行きましょう」

そう言って斎宮様が立ち上がった時、足元の床が妙に光った。照明のせいじゃない。床が発光したのだ。

「あら……？」

斎宮様が不思議そうな顔をすると、光が少しだけ強くなった。そこから手のようなものが出てきて、斎宮様の足に絡みつこうとする。

「斎宮様！」

これはやばい。そう直感したあたしは斎宮様を突き飛ばす。結果的に、あたしがその手に捕まった。

光の手が足をがっちりとつかんで、さらに輝きを増す。

「二の姫！」

斎宮様が悲鳴を上げて、あたしの手をつかもうとする。あとほんの少しで届いたのに、その前にあたしの視界は真っ白に変わった。

「気がついたらしいな」

目を開けると聞き慣れない声がした。

「強引な事をして申し訳ない。だが俺たちにも事情がある」

「……」

あたしは寝台から起き上がって周りを見回す。

ここは……どこかの邸宅ね。それも国境が近いと見た。

国境の近くは王都から離れている分、建物とかにその土地特有の意匠《いしょう》が見られるらしいから……ここまで王都と違うって事は間違いないわね。

そう考えたところで、やっと声のした方に目を向ける。そして思わず息を呑んだ。

そこにいたのは、あの劇場にいた人々とは見るからに系統の違う男たちだった。全員が頭を布で覆《おお》っている。一人だけ近くの椅子に座って、あたしを眺める男の人もそうだ。

頭をひときわ豪奢《ごうしゃ》な布で覆ったその人は、彫りが深くて浅黒い肌をしている。瞳は冴《さ》え冴《ざ》えとした金色をしていて、黄色い月を連想させた。

椅子に座っていても、手足が長い事がわかった。それでもひょろりとした印象はなくて力強さを感じさせる。腰に差してある剣は二振り。片方が予備だという事はなんとなく察せられた。かなり使い込まれているらしく、ところどころ傷や変色がある。武器をこんなに使い込むなんて、平和な

バスチアじゃ考えられない。

明らかに戦い慣れた人だった。でも、イリアスさんみたいに分厚《ぶあつ》くみっちりとした筋肉がついているわけじゃなさそう。きっとしなやかで、柔らかい筋肉がついているに違いない。

歳は大体二十歳前後だろう。あたしとそんなに変わらないはず。

「……あなたたちは誰かしら」

混乱しつつも、どうにか言葉を発した。

彼は攻略対象じゃない。間違いなく美形だけど、あのゲームにこんな攻略対象はいなかった。でも見た事がある気もする。なんだろう、この違和感。

「俺を知らないのか？」

椅子に座るその人が目を瞬《またた》かせた。この反応から、彼は有名なのだとわかる。

「こんな事を聞かれるとは、俺もまだまだだな」

「殿下。姫君は城の外にほとんど出た事がないそうです。多少世俗に疎《うと》いのでしょう」

片眼鏡をした男の人が言った。この人、片目が悪いのかしら。

いいえ、そんな事より……

「殿下？　……あなたたちは一体誰なの？」

「俺たちはラジャラウトスの者だ」

その言葉に、あたしは目を丸くする。

「隣国の方がバスチアの王女をさらったりしたら、場合によっては最悪戦《いくさ》になるわよ」

そう脅してみると、殿下と呼ばれた人は口の端を吊り上げた。

「そうなれば都合がいい」

酷薄《こくはく》な笑顔。そんな言葉が似合う顔で、彼は笑った。

「そう。……で、目的は何かしら？」

それを聞いた殿下が、立ち上がってあたしを見下ろす。感情の窺《うかが》えない金色の目が、どうしてか
イリアスさんの隻眼《せきがん》を思い起こさせた。

「これからお前に、とある書物を読んでもらう」

「それはどういう書物？」

「今まで誰も読む事ができなかった書物だ。だが古代クレセリア文字に精通したバーティミウス姫
ならば、読む事も可能だろう」

その言葉を聞いて、水晶でできた石板が頭の中に浮かんだ。

「もしかして、水晶に書かれた文章の事かしら？　それならお役に立てないわ。わたくし、読めな
かったもの」

あたしはきっぱりと告げた。

さあ、どういう反応をするかしら。さすがにあたしがバスチアの第二王女だって知っていれば、
そこまでひどい扱いはしないと思うけれど。

じっと殿下を見つめる。しばらくすると、彼がゆっくり瞬《まばた》きした。

「くっ……」

突然殿下が笑い出した。本当にいきなり笑い出したわ。

げらげらとひとしきり笑った後、彼は目尻に浮かんだ涙をぬぐう。

「当たり前だ。あんな偽物、誰も読めるわけがない」

「偽物……!?」

あたしは呆気にとられた。研究者たちにも解読不能だったというあの石板が、偽物ってどういう事なの？

「水晶に古代クレセリア文字を刻むのが、昔のラジャラウトスの貴族の間で流行したんだ。あんなめちゃくちゃなものを読めるはずもない」

「嘘……」

それじゃあ、あれはただの装飾品だったという事？　なら、あんなはちゃめちゃなつづりだった事にも納得できる。

「バーティミウス姫。お前はそこらの研究者よりも古代クレセリア語に明るく、賢者姫と呼ばれているそうだな」

笑い顔のまま殿下が言う。

「その類《たぐ》いまれなる才能を、我らは欲しているのだ」

「……お父様がなんておっしゃるかしら」

「バスチア国王とは話がついている。国王は留学という形でお前をこちらに預けるそうだ」

彼はあっけらかんと言った。

そんなの、一日でどうこうできる話じゃない。という事は……？

「ごめんなさい、わたくし何日眠っていたのかしら？」

「ぴったり一週間でございます」

片眼鏡の男の人が言う。一週間……その間にお父様と交渉したのね。

「ずいぶん根回しがいい事」

つい皮肉を言ってしまう。でも、お父様を……一国の国王を丸め込むなんて大した度胸だわ。

「王も厄介払いできて清々《せいせい》しているだろう。市井《しせい》の男をそばに置く、蠱毒《こどく》の疑惑つきの王女。そんな厄介な娘を王宮から遠ざける言い訳を探していたんじゃないか？　古代クレセリア文字の研究はこちらの方が進んでいるから、留学という形は自然に見えるしな」

厄介払い。あたしはその言葉が一番こたえた。

……そうね。事実そうなんだろう。あたしはお父様にとって厄介な娘でしかない。

「わたくしが何を言ったとしても覆《くつがえ》せないわけね？」

「理解が速いな」

お前は賢明だ、と殿下が機嫌よさげに言う。

「しばらくこちらでお世話になるわ。さすがに身の回りの事はしてくださるんでしょう？」

「当然だ。丁重《ていちょう》におもてなしさせてもらう」

「ところでイリアス……わたくしの護衛をしていた市井の男はどこにいるのかしら？」

その言葉を聞いた殿下は、あたしの目を見て答えた。

「行方が知れない」

「……え？」

「言葉通りだ。あの男はお前が劇場から消えたのと同時に、行方をくらましたらしい」

イリアスさんが？　どうして……

「その男の事はどうでもいい」

殿下がそう言ってあたしの腕を引っ張った。

「お前には、ラジャラウトスの夏の首都まで来てもらう」


国境近くの街にある、それなりの身分の貴族が使う宿。周りの人の話から判断するに、あたしはそこの一室に寝かされていたらしい。

その部屋から出入り口に続く通路を、四苦八苦しながら壁伝いに歩くあたしに、殿下が呆れたように言う。

「遅い」

そんな事言われても、この足は速くならない。焦ると転ぶから急《せ》かさないでほしい。

「悪かったわね、あたしは足が悪いのよ」

苛立《いらだ》ちまじりにそう返した後、地が出てしまった事に気づいた。

つけ焼き刃みたいなお姫様の仮面って、こういう時にボロッとはがれるのよね。

「ほう？」

殿下が振り返って面白そうに目を細めた。そのまま歩み寄ってくる彼は、豹《ひょう》のようにしなやかな身のこなしだ。きっと戦い慣れているからだろう。

そのしなやかさは、どことなくイリアスさんに通じるものがある。あの人も、時々びっくりするくらいしなやかに動くのだ。

「それが地か」

「……なんの事かしら？」

あたしはしらばっくれてみた。何も知らない少女みたいに小首をかしげて。

「今さら隠しても無駄だぞ。それに、俺は隠し事をされるのと嘘をつかれるのが大嫌いでな」

金色の目があたしを射抜く。あ、これゲームなら死亡フラグだ。なんて事だろう……

あたしは溜息をついた。最近やっと普通にお姫様言葉を使えるようになったというのに、今までの努力が水の泡だ。

「あなたのせいで台無しだわ。ここまできれいに発音するの、大変だったのよ」

「そうか。……で？　お前の足が悪いというのは事実か」

すうっと視線を下げる殿下。あたしの足が本当に不自由かどうか観察しているのだろう。

もう、こうなったらやけっぱちで言うしかない。

「左足がほとんど動かないのよ、悲しいけれど」

あたしが吐き捨てるように言ったら、殿下は淡々と問いかけてきた。

「怪我でもしたのか」

「覚えていないわ」

あたしは彼の目をまっすぐに見て本音で話した。別に本音で話すのは怖くない。でもバスチアの宮廷では腹の探り合いが当たり前で、本音で話すって事がなかったから、ちょっと殿下の反応が気になる。

「……その遅さでは日が暮れるぞ」

殿下はそう言うや否《いな》や、あたしの腰をつかんで抱き上げる。あっという間の早業《はやわざ》だった。

「何するの！」

あたしが大声を上げても、殿下は下ろしてくれない。

数秒もかからず、お姫様抱っこの体勢になってしまった。

「これが一番都合がいい。さすがに背負うのはまずいからな。お前だって、太ももをさらけ出して平静ではいられないだろう？」

確かにこの世界において、女性が太ももをさらけ出すのは恥ずかしい事だ。前世では平気だったけど。しょうがないからあたしは彼にしがみつく。

「おい」

「不安定なの。つかまらせてよ」

文句を言われる前に強い口調で告げた。抱っこさせてあげてるんだから、それくらいさせなさい。

「……そうか」

殿下が納得した様子で言った。それから抱え直してくれる。おかげで安定感が増したけど、ふと見れば周りの人が絶句していた。

多分、この人は普段こういう事をしないのだろう。

でもこれは彼にとって都合のいいようにしているだけで、あたしに対する親切じゃない。足が遅いから抱えて歩くだなんて、勝手だわ。

そんな事を思いながら彼を観察した。

彫りの深い異国の美形。バスチアの貴族たちから感じる軟弱さや弱々しさが、この人からは欠片《かけら》も感じられない。

頭に巻いた布の隙間《すきま》から見える髪の毛は、本当に真っ黒。それでいて肌も浅黒くて、瞳ははっとするほど鮮やかな黄金色《きんいろ》をしている。高い鼻と彫刻を思わせる硬質な頬や瞼《まぶた》。性格の厳しさを窺《うかが》わせる、巌《いわお》のような太い眉。

肌は黒いけど、なんとなく北方民族っぽい空気が漂《ただよ》っている。毛皮のズボンとかバスチアでは見た事のないブーツとか指抜き手袋とか、そういうのがお国の違いってものを感じさせた。

……それでいてちょっとだけ、イリアスさんに似ている。

多分、イリアスさんも色黒で髪も目も黒いからだろう。あの人は髭面《ひげづら》で、もさくて、むさくるしくて、まさにおっさんという言葉が似合う人だから、こんなめったに見られない美形と重ねるのは失礼だけどね。

殿下は乙女ゲームの攻略対象じゃない。でも、なぜか彼を知っているような気がするのはどうしてかしら。

「なんだ、俺の顔をじろじろ見て」

あたしの視線に気がついたらしく、殿下が問いかけてきた。ぱちんと目が合ったけど、気恥ずかしさは感じない。

「知り合いに似ていると思ったの。彼は旅暮らしをしてきた人で……どこの出身かは聞いた事もないけれど、多分肌の色が似てるんだわ」

あたしは正直に言う。この人には嘘をつけない。というか嘘をついたり隠し事をしたりした時点であたしの命は終わりだろう。この人は嘘を見抜くのがきっと上手だ。

「俺に似ているだと？　そんなやつがいるなら会ってみたいものだな」

そんな会話をしつつ、馬車乗り場に到着する。

馬車に繋がれているものを見て、あたしは呆気にとられた。

「これは……何？」

「大狼《だいろう》だが？　お前は大狼を見た事がないのか」

「殿下。バスチアに大狼は生息しておりません。何せ暑い国ですから」

片眼鏡の人のフォローを聞きながら、あたしはその大狼という生き物をまじまじと見た。

まず驚くべきはその大きさだ。あまりに巨大なので、四頭立ての馬車に一頭だけ繋がれている。

ブラシが念入りにかけられているからか、灰色の毛はきらきらしていた。薄青い目で不思議そうにあたしを眺めている。

大きさを考えなければ、見た目は犬もしくは狼《おおかみ》。まあ大狼というのだから狼の一種なんだろう。

甘え始める。

「しつけができていれば問題ない。馬と違っていちいちおびえないからな。便利だぞ」

大狼が殿下の服に鼻をこすりつけた。「きゅうん」と、見た目からは想像できないかわいい声で甘え始める。

「ああ、頼むぞ」

殿下はあたしを抱えたまま大狼を撫でた。

「この子は殿下のものなの？」

「まあそうだな」

そう言いつつ殿下は、従者の一人が恭《うやうや》しく開けた扉の中にあたしを落とした。

本当に落としたと言うのが正しい。とっさに受け身を取ったから、無様に転がらずに済んだけど。

あたしを中に残し、殿下はさっさと馬車から降りてしまった。

「乗らないの？」

殿下の背中にそう聞けば、彼は金色の瞳をあたしに向けて当たり前のように言う。

「そうだ。一人だとさみしいのか」

「だって、かなり遠いところへ行くんでしょ？　馬車の中で話が聞きたいわ。あたしが何をすればいいのかも、まだよくわかっていないし」

あたしの言葉を聞いて、彼は納得した顔で頷いた。

「サディ。お前が説明しろ」

片眼鏡の人が近づいてくる。その人がサディという名前だって初めてわかった。

「では姫君、私も同乗してよろしいでしょうか？」

「大丈夫よ」

「それでは失礼いたします」

サディさんが乗ると、馬車が動き始めた。殿下は別の大狼《だいろう》の背に乗っていくらしい。

「もったいつけないでちゃんと話してほしいわ。あたしに何を求めているの？」

あたしの言葉を聞いて、サディさんがすぐに答えてくれた。

「七ツの瞳にまつわる書物の解読です」

「七ツの瞳？」

初めて聞く言葉だった。サディさんが頷いて説明を続ける。

「はい。その力の大きさは計り知れず、楽園さえ作り出せると言われるものです」

「……サーレイズの第三の書にもあったわね、そういうの」

あたしは思い出して呟《つぶや》く。サーレイズの第三の書と呼ばれる古文書の中に、そんな記述があったのだ。

「おや、ご存じでしたか」

サディさんが目を瞬《またた》かせた。

「知っているわ。それが七ツの瞳というものかどうかは知らないけれど。その古文書によれば、古代クレセリアが他のどの土地よりも繁栄したのは、それのおかげだとか。国が一夜にして水に沈んだ時、それも同時に失われたと書かれていたわ」

でも、そんなもの実在するのかしら。疑ってかかった方がいい気がする。

「ご存じで何より。我々はその七ツの瞳を必要としているのです」

「それは……なぜ、と聞いてもよろしいかしら？」

サディさんが、数秒考えてから話し始める。

「ラジャラウトスでは誰もが知っている事ですので、お話ししても構わないでしょう。ラジャラウトスには様々な鉱物が採れる鉱山があるのですが……そこに異形が住み着きましてね。採掘に支障が出るので討伐したいのですが、誰も討つ事ができないのですよ。あらゆる猛者《もさ》たちが挑戦し、命を落としました。そこで宮廷占い師に倒し方を占わせたところ、七ツの瞳の光だけが、その異形を退《しりぞ》けると出まして」

「だから七ツの瞳を欲しているというわけね？」

「ええ。かの山から採れる鉱物は、わが国の重要な資源。まだ在庫は数多くありますが……それがいつ尽きるか、という問題を抱えておりまして。そこで殿下が、七ツの瞳を探すと決めたのです」

殿下は、相当の権限を持っているようだ。一体何者なのだろう。

「……一つ聞いていいかしら」

「はい、私に答えられる事でしたら」

「殿下って何者？」

サディさんはきょとんとした。

「先ほど紹介しませんでしたか？」

「されてないし、あたし自己紹介すらしていないわ」

「そうでしたか。失礼いたしました。私は殿下の侍従、サディ・メヌカルドと申します。そして殿下……あの方は、ラジャラウトスの次期皇帝、エンデール・エンフ・バルド・ラジャラウトス様です」

「……え？」

あたしは思わず固まった。

皇太子って、極度の女嫌いじゃなかったっけ。そんな人が、あたしをお姫様抱っこするかしら。

「……エンデール様って、女の人が嫌いなのよね？」

「ええ、嫌いです」

即答だった。打てば響くって感じであっさりと言われた。という事は、まさか……

「……あたし、女として見られてない？」

あたしの疑問に、サディさんが首を横に振る。

「いいえ。あなたは異例中の異例なのです」

「そうなの？」

「はい。殿下が女性とあれだけ長く会話しているのは、私どもも初めて見ました」

殿下って、どんだけ女嫌いなの。

あれ？　でもおかしいわ。それじゃあ、あの噂《うわさ》って一体どういう事だろう。

「……斎宮《さいぐう》様に、求婚したのに？」

「斎宮？　求婚？　一体なんの事でしょうか。エンデール様がそんな事をなさるはずがありませんよ」

しばし考え込んでから、サディさんは合点《がてん》した顔で言った。

「おそらく三日前に処刑されてしまった皇子、ソヘイル様がなさったのでしょう」

「という事は、三日前までエンデール様は皇太子ではなかったの？」

それならなんでイリアスさんが、皇太子は女嫌いだと言ったのか。そう思いつつ聞いてみたら、サディさんははっきりと言った。

「いえ、皇太子でしたよ」

そう言った後、サディさんはある事に気がついたらしい。

「皇太子という言い方は正しくないのかもしれませんね……。わが国では皇帝の最初のお子が双子であった場合に限り、第一皇子と第二皇子を両立させ、同格の王位継承者として扱うのです。そして成長後、より優れた方を帝位に就《つ》かせます」

異国の方なら知らなくて当然ですね、とサディさんは続けた。

そんな風習知らない。初耳である。「ところ変われば品変わる」というけれど、ここまでカルチャーショックを受けたのは初めてだ。

「ソヘイル様は……女嫌いじゃなかったの？」

思わずそんな事を聞いてしまう。

「はい。むしろ来るもの拒《こば》まずでしたし、女性は皆あの方に夢中になりました。彼にすり寄っていた女たちは、今度はなんとかしてエンデール様に気に入られようとしておりますが……まず無理でしょう」

話を聞くだけでも、ソヘイル様は相当な女好きだったみたいだ。

でも彼に気に入られた女性たちが、エンデール様の好みとは限らない。だって極度の女嫌いなわけだし……エンデール様の寵愛《ちょうあい》を受けるなんて、きっとできないんじゃないかしら。

「ソヘイル様は……女好きだったから斎宮《さいぐう》様に求婚したの？」

「ええ。あの方は美女に目がありませんでしたから。まあそれが原因で、皇帝陛下のお気に入りの女性を自分のものにしてしまい、反逆罪で処刑される事になりましたが。ちなみに直接手を下したのはエンデール様です」

サディさんが驚くべき事をさらっと言った。

目を丸くしたあたしに、彼は平然と告げる。

「よくあるんですよ」

「よくあるんかい！」

ここであたしがツッコんでも、誰も変だと思わないだろう。それくらい、とんでもない事だ。

「おや、びっくりなさいましたか」

「だって……兄弟なのでしょう？　犬猿《けんえん》の仲だったの？」

「いいえ、仲のいい兄弟でした。でも陛下の命には逆らえませんから、エンデール様はためらいもなくソヘイル様を殺しましたよ」

仲がいいのに殺すのをためらわないって、なんだそれ。理解できないという顔をしたであろうあたしを見て、サディさんが言う。

「殺し合うほど仲がいい。あの二人の関係はまさしくそれだったのです」

「意味がわからないわ」

「殺し愛というやつですよ」

「ごめんなさい、余計わからなくなった」

殺し愛なんて単語、初めて聞いたわよ。

そこであたしは、ふと何かを思い出しそうになる。

ソヘイル……ソヘイル……ん？

「ソヘイル様は、皇太子だったのよね？」

「ええ。第一王位継承者という意味なら」

女好きの皇太子。なんか知ってる気がする。

なんだっけ。えっと、ええっと、あーと……

……あ‼

思い出した。ゲームの最後の隠しルートに出てくる幻の攻略対象。

傾世《けいせい》のソヘイルだわ。間違いない。

本来なら「傾城《けいせい》」という字になるんだけれど、「傾城を超えた美貌《びぼう》」という意味で「傾世」の字が使われていた。

そんな言葉がつくほど美しいソヘイルに、ゲームでは数多《あまた》の女性が虜《とりこ》になった。ノーゼンクレス公と違って、自分の意思で女性を夢中にさせていく趣味の悪い人。

そして彼は隣国の皇太子だった。浮名は流すけれど本物の愛は知らないキャラクター。ヒロインと接して初めて真実の愛というものを理解するのだ。

亡くなった皇子がそのソヘイルだというのなら、エンデール様を見た時の違和感にも説明がつく。多分、双子だから見た目が似ているんだ。でもエンデール様とゲームに出てきたソヘイルは性格が全然違うから、今まで気づかなかったのだろう。

ここまで思い出したあたしは思わず大声を上げた。

「え、ちょっと、死んじゃったの⁉」

「バーティミウス様？」

「嘘、え、でも、それじゃあ、そうなら、ちょっと、うえぇっ⁉」

ちょっと待ってよ、その人が、攻略対象が死んじゃったというの⁉

信じられない。この世界は一体どうなっているの⁉

これがゲームの中なら、攻略対象が簡単に死んだりしないでしょ⁉

あたしは衝撃のあまり、立ち上がっては座るのを繰り返した。

「何かあったのですか？」

サディさんが怪訝《けげん》そうな顔で聞いてくる。

恥ずかしくなったあたしは深呼吸をして座り直した。

「……ごめんなさい、一人でびっくりしていたわ。あたしは大丈夫だから、そんな頭がいかれてしまった人を見るような目で見ないで」

「おいサディ、そいつに何を言ったんだ？」

あたしの叫び声が聞こえたらしく、エンデール様が外から声をかけてきた。

サディさんは目を大きく見開き、あたしと扉を交互に見る。

「サディ」

責めるようなエンデール様の声に、サディさんは慌てて答えた。

「すみません、姫君を驚かせてしまったようです。ソヘイル様の事で……」

「ああ、あの馬鹿の事か」

あからさまに機嫌が悪そうにエンデール様が言った。

「あれの話は二度とするな」

「申し訳ありません」

「……ふん」

その声を最後に大狼《だいろう》の足音が遠ざかっていく。サディさんはあたしを見て、しみじみと言った。

「あなたは何から何まで予想外の女性だ」

「そうなの？」

「殿下がこれだけ気にかける女性なんて……乳母君《うばぎみ》くらいですよ。もう亡くなってしまいましたが。

バーティミウス様は殿下にとって特別なのでしょうかね」

「あたしに聞かれても困るわ。……ところで、ひとつ聞いてもいいかしら」

「なんなりと」

「最初からあたしをさらうつもりだったの？　それとも斎宮《さいぐう》様を？」

目を覚ました時から、それが気になっていたのだ。

あの光は斎宮様の足元から発せられたのだから、彼女をさらおうとしたように思える。でもこの人たちの話が本当なら、最初からあたしを欲しがっていたという事になる。

あたしが欲しかったのに、斎宮様を狙うなんておかしい。それとも斎宮様を囮《おとり》にして、あたしをさらうつもりだったのか。

どうもしっくりこない。

「……バーティミウス姫は自分を犠牲にしてでも、周りの方々を守ろうとする、ある意味無謀《むぼう》な姫君だと聞きましたので」

サディさんがくすくすと笑う。その笑い声に、あたしは得体の知れないものを感じた。

「ああすれば、あなたは絶対に斎宮様を庇《かば》うと殿下が言いましてね。私たちは止めたんですが、結果的に殿下の言った通りになった」

殿下の読みの鋭さは並々ならぬものですからね、とサディさんは楽しげに言う。

どうやらあたしは、異国の人に行動を読まれてしまっていたらしい。

……一体どこまで読まれているんだろう。あたしはそんなに単純な性格か。

なんだか急に寒くなった気がした。

「ああ、見えてきました。今夜の宿がある街です」

サディさんが日よけのカーテンをめくって言った。

「きれいね」

近づいてきた街を見てあたしは素直な感想を口にする。窓の外に見えるのは大きな街だった。建物に使われている青紫色の石壁が特徴的だ。

「その美しさゆえ、辺境の竜胆《りんどう》と呼ばれる宿場町ですから」

「首都まではどれくらいかかるのかしら」

「明日の夜には到着いたしますよ。夏の首都ソフィアヤに」

頭の中で距離を計算しようとしても、速度がわからないから算出できない。でも狼《おおかみ》は持久力があるって聞いたし、この大狼《だいろう》っていう生き物は、きっとサラブレッドより速いはずだ。

これを戦《いくさ》に使われたら、バスチアは負けるわね。そんな事をふと考えてしまった。


その夜、あたしは一人部屋で寝台に寝転んでいた。だって他は男の人しかいないし、一緒の部屋に泊まるなんてありえない。

ぼんやりと考えを巡らせていたら、頭の中にイリアスさんの姿が浮かんだ。

……彼はどうしたのかしら。あたしの事なんて見捨てちゃったのかしら。

そう考えると、なんだか悲しかった。

彼は魔物に襲われたあたしを、少しもためらわないで助けてくれた、たった一人の人だから。あの人にまで見捨てられたのだとしたら、いろいろ複雑だ。

……それにしても、この世界は一体どうなっているのか。死ぬはずのあたしが生きていて、なぜか異国に来ている。まあ、あたしが生き延びた事でシナリオが変わったと言われれば合点《がてん》がいくけれど、攻略対象であるはずのソヘイルが処刑されていたなんて。

そしてゲームには出てこなかった、双子の皇太子エンデール様の存在。ゲームではありえなかった事が立て続けに起きている。次に何が起きるのか予想がつかない。

そんな事を思っていたら、バルコニーに繋がる窓から影が差し込んだ。

なんだろう。まさか強盗？

あたしがそっちを見て起き上がると、開けておいた窓の外に人が立っていた。その人は口元に指を立てて、静かにというジェスチャーをする。

フードを頭からすっぽり被った異様な姿に、あたしは目を見張る事しかできなかった。

「異郷の姫君。ご忠告を一つ」

「あなたは誰なの？」

「ふふ、あえて言うなればタソガレと。……七ツの瞳には、あなたが最初に触れろ」

声はぼうぼうと不可思議に響く。女の声のようにも男の声のようにも思えて、なんだかさっぱりわからない。

「は？」

「七ツの瞳には、あなたが最初に触れろ」

タソガレは意味がわからない忠告を繰り返した。

窓から強い風が吹いてきて、あたしは思わず目を閉じてしまう。

そして目を開けたら、タソガレはどこにもいなくなっていた。

「なんなの……」

寝台から下りて窓に近づいても、そこに誰かがいたという証《あかし》は何も見つけられない。

幻だったのかしら……？


「顔色が悪い」

エンデール様が、朝食を食べるあたしを見てそう言い放った。

あたし、そんなに顔色が悪いのかしら。今朝は鏡を見てないからわからない。

「異国の宿では眠れないか。女」

「……悪いんだけど、名前で呼んでくれない？　あたしにはバーティミウスって名前があるの」

「それは男の名前だろう」

エンデール様が容赦なく切り捨てた。事実だから反論できない。バーティミウスっていうのは男の名前なのである。

……お母様はあたしとお姉様を妊娠した時、絶対に片方は男の子だって言い張って、他の名前は考えなかったそうだ。お母様は第二王妃だったから、後継ぎになる男の子を生んで、お父様を振り向かせたかったらしい。すでに王妃の息子であるお兄様がいたにもかかわらず、自分に男の子が生まれれば、後継ぎにしてもらえると信じていたのだ。

そのお母様が議会にかけ合って、女の子でも王位を継承できるようにした。だからお母様は女傑《じょけつ》だっていろんな人が言う。

そんな事を思い出したあたしに、エンデール様が尋ねてくる。

「確か、バーティミウスの下に何かつくだろう」

「あなたはあたしの名前を聞きもしなかったものね。教えてあげるわ、あたしの名前はバーティミウス・アリアノーラ・ルラ・バスチアというのよ」

あたしはパンをちぎりながら言う。本当なら歯で噛みちぎってしまいたいけど、それはさすがに不作法だ。

「なんだ。女らしい名前も持っているじゃないか」

アリア、アリア……とエンデール様が口の中で転がすように呟《つぶや》く。

「よし、お前の事はこれからアリアと呼ぶ」

「勝手に決めないで」

「何が勝手だ。呼ばれてこその名前だろう」

エンデール様が当然のように言った。

「食事の後、すぐに出発だ」

だから急げと言って、彼は出ていこうとする。

するとと同席していたサディさんが、その背中に声をかけた。

「エンデール様、まだ食事をなさっていないでしょう」

「食べる気にならん」

エンデール様はそう言い捨てて、そのまま出ていってしまう。しょうがないからあたしは食べる速度を上げた。サディさんが苦笑する。

「そんなに急いで食べなくても大丈夫ですよ」

「そう？」

「あれで意外と気の長い人なんです。ただ少し口が悪いだけで」

「本当かしら？　とてもそうは見えないわ」

そう言いながら、あたしはスープを匙《さじ》ですくった。

香辛料の種類が違うのか、バスチアの料理にはない独特のおいしさがある。

元々あたしは食べるのが遅いわけじゃないから、ご飯を食べ終わるまでにそう時間はかからなかった。

食べ終わってゆっくりと立ち上がった時、サディさんが細長い包みを差し出してくる。

「バーティミウス様、どうぞお使いください」

開けてみれば、それは凝《こ》った意匠《いしょう》の杖だった。

「重いわね。飛び道具でも入っているのかしら」

あたしが冗談めかして言うと、サディさんは重々しく頷く。

「中に短剣を一本仕込むのがラジャラウトス流です。いざという時、とても便利ですよ」

確かめてみたら、本当に入ってた。バスチアでは考えられない事である。あの国で杖に短剣を仕込んでいるのは暗殺者くらいだろう。

「そう」

あたしは杖をついてみた。長さがちょうどいい。重さも重心の具合もとてもよかった。

「いい感じだわ。こんなものをよく探してこられたわね」

「あなたの背格好をこの街の職人に伝えて、手頃なものを探させたのです」

「そう、ありがとう」

持ち手の部分には、緻密《ちみつ》な細工が施《ほどこ》してある。どうやら分厚《ぶあつ》い鱗《うろこ》を持つ魚がモチーフになっているらしい。

「この魚は何？」

「ラジャラウト。魚の王です。わが国に伝わる伝説の魚ですよ」

「へえ……」

魚の王の伝説なんて初めて聞いた。今日もサディさんと一緒の馬車だろうから、後で詳しく聞いてみよう。少しは暇つぶしになるはず。

宿を出ると、エンデール様が大狼《だいろう》の世話をしていた。

「早かったな」

「急《せ》かしたのは誰かしら？」

大狼はエンデール様の体に顔を押しつけて甘えている。彼の事が大好きなのだろう。動物に好かれる人に悪い人はいないっていうから、エンデール様も悪人じゃないのかしら。これっかりはいくら考えてもわからないんだけど。

大狼に馬具をつけるエンデール様を見て、なんか違和感があるなとあたしは思った。

「それは大狼用の道具なの？」

聞いたら、すぐに答えが返ってくる。

「ああそうだ。大狼と馬では骨格が違いすぎるからな」

よく見れば、その馬具にも凝《こ》った意匠《いしょう》が施されていた。

「魚に剣？　これはどこかの家の紋章なのかしら？」

「王家の意匠だ」

なるほど、ラジャラウトスの象徴は魚というわけなのね。

「魚の王の伝説があるって聞いたけど、それは誰もが知っているものなの？」

「当たり前だろう。ラジャラウトスの建国伝説だぞ」

「ふうん」

そう言って用意された馬車に乗り込むと、昨日と同じく快適な座り心地だった。本当は大狼の背中に乗ってみたいけれど、馬にすら乗れないあたしが乗っても、無様に転がり落ちるだけよね。

そろそろ出発かなって思っていたら、馬車の扉が開く。

中に入ってきたのはサディさんじゃなくて、なんとエンデール様だった。

「エンデール様、今日はあなたも馬車に乗るの？」

「ああ。王都に行くからな。姿を見せるわけにはいかない」

それを聞いて、あたしは斎宮《さいぐう》様を思い出した。あの人も人目を避けるために、馬車で移動しているのだ。

つまり、この国の王族も、めったに姿をさらさないという事か。

「姿を見せると何か不都合があるの？」

「俺の従弟《いとこ》は、馬で街を歩いている時に射殺された」

洒落《しゃれ》にならない。なんて殺伐としてるの。ラジャラウトスって、そんなに頻繁《ひんぱん》に王侯貴族が殺されるわけ？

「王都に行く時に馬車に乗るのは、暗殺を防ぐためなのね？」

「物わかりがよくて結構だ」

それ以上何も言わないで、エンデール様は目を閉じてしまう。

動き出した馬車から景色を眺めつつ、あたしは考え続けた。

一体、どういう古文書が見つかったというのか。あたしは本当に彼らの役に立てるのか。

そういった不安が、急に胸に押し寄せてきた。

別に留学という形だから、役に立とうが立てなかろうが、あたしが困る事はない。でも、あたしを頼ってくれる人たちを見捨てられない。たとえそれが隣国の人たちであっても、関係ないとは言えない自分がいる。

……イリアスさんが教えてくれたのだ。どんなに関係なくても助けていいんだと。誰だって助けていいんだと。

それは旅人が偶然出会った貧しい子供を助ける事とおんなじだ。だからあたしは、できる限りの事をしようと決めた。やるんだって決めた。

ぐっと手を握り締める。まずは、この人に聞いてみよう。

「もし起きているなら答えてくれない？　鉱山の怪物というのは、どういうものなの？」

少し前まで寝息を立てていたはずのエンデール様が、ぱっと目を開けた。満月が雲間から出てきたような印象を受けるほど、瞳の光が強い。人によっては射殺《いころ》されそうな気分になるかもしれなかった。

「あれを言葉で表現しろというのか、お前は」

やや間を置いて、エンデール様が言う。答えたくなさそうな声だった。でも、何も知らないままでいるわけにはいかない。

「少しでも情報が欲しいの」

長い沈黙の後の返事は、微妙な表現だった。

「……あれは凝《こご》った闇だ。気がつけば呑まれている。呑まれた時にはもう遅い」

「遅いって……？」

「その時にはもう死んでいる。あれに呑まれて助かったのはサディだけだ」

「サディさんだけ？」

サディさんは怪物に呑まれたのに助かった。どうやって助かったんだろう。そこに何かヒントがあるんじゃないかと思ったんだけど。

「ああ。片目を失うだけで済んだ。あいつは自分の目をえぐり出し、正気を保った」

ただの怖い話だった。ヒントは何もない。

昨日サディさんとは丸一日一緒だったけど、義眼だったなんて初耳だ。だって彼は、そんな事ちっとも言わなかったのだ。

「知らなかった……」

「あれは聞かなければ答えない、無精《ぶしょう》なやつでな」

ふ、とエンデール様が笑う。端整な唇がふわっと笑うと、わけもなく心臓が痛くなった。

その笑顔が、あんまりにも自然にあたしに向けられていたからだと思う。

「今にわかるぞ。お前もな」

「そう」

あたしはそう言って、また彼に質問した。

「ねえ、もう一個教えて」

「聞きたがりだな」

「だって暇なんだもの」

「寝ろ」

エンデール様に切り捨てるように言われて、それに反論する。

「宿で十分に眠ったわ。だからいいの。ラジャラウトスの建国伝説ってどういうものなの？」

「魚の王が地上に上がり、人の姿を取って王となった。そういう話だ」

なんともあっさりした言い方ね。吟遊詩人《ぎんゆうしじん》だったら一時間は語れそうな内容なのに。まあ、この人に吟遊詩人と同じレベルのものを求めちゃいけないんだろうけど。

「もっと詳しく」

「知りたければ、王都に行ってから好きなだけ本を読めばいい」

「魚の王って、正体はなんなの」

「……お前、人の話を聞いているのか？」

「聞いているわ。でも、もう少し話してくれたっていいじゃない」

エンデール様は一度視線を外に向けてから、あたしに向き直る。

「神が失った左目からこぼした涙が、形を変えたものだという説がある」

「神様の涙が魚になったの？　それでその魚が人になったの？　面倒くさいわね、どうして最初から人に生まれなかったのかしら」

「俺が知るかそんな事」

そう言って、エンデール様はまた目を閉じてしまった。

建国伝説に何かヒントがあるんじゃないかと思ったのに、何もなかった。でも一応覚えておこう。

……そういえば、イリアスさんもサディさんも左目を失っているのね。左目の喪失《そうしつ》って、何か意味があるのかしら。

王都に行ったら調べてみよう。そう思いつつ欠伸《あくび》をする。

軽快に揺れる馬車が、なんだかゆりかごみたいで眠くなってきた。

ちょっとだけ目を閉じる。あたしの好きな声があたしを呼んでいる……気がした。


「――い。おい、聞こえているのか。起きないと叩き起こすぞ」

「エンデール様、もっと優しく」

「うるさい。自分で寝ないと言っておきながら」

「きっとお疲れなのですよ」

「……ふん、かわいい顔して寝るんだな」

そこであたしは目を覚ました。馬車の中で、エンデール様があたしの肩をつかんでいる。

「着いたの……」

寝ぼけた声で尋ねると、エンデール様が眉間《みけん》に皺《しわ》を寄せたまま答える。

「そうだ」

という事は、半日近く寝てしまったのか。あたしは大きく伸びをしてから、杖をついて立ち上がる。

馬車から降りると、そこはバスチアの王都とは似ても似つかない街だった。

白い漆喰《しっくい》の壁と、暗い色の木で造られた家々が、とてもきれいな街並みを作っている。屋根の傾斜が急で、雪がたまらないようにする造りだとわかる。さらに大通り沿いの建物には、雨除けみた

郵 便 は が き

1 5 0 8 7 0 1

料金受取人払郵便

渋谷局承認

7227

0 3 9

差出有効期間
平成28年11月
30日まで

東京都渋谷区恵比寿4－20－3
恵比寿ガーデンプレイスタワー5F
恵比寿ガーデンプレイス郵便局
私書箱第5057号

株式会社アルファポリス
編集部 行

お名前	
ご住所 〒	TEL

※ご記入頂いた個人情報は上記編集部からのお知らせ及びアンケートの集計目的以外には使用いたしません。

ご愛読誠にありがとうございます。

読者カード

●ご購入作品名

●この本をどこでお知りになりましたか？

年齢　　歳　　　　性別　　男・女

ご職業　1.学生(大・高・中・小・その他)　2.会社員　3.公務員　4.教員　5.会社経営　6.自営業　7.主婦　8.その他(　　　)

●ご意見、ご感想などありましたら、是非お聞かせ下さい。

●ご感想を広告等、書籍のPRに使わせていただいてもよろしいですか？

※ご使用させて頂く場合は、文章を省略・編集させて頂くことがございます。

(実名で可・匿名で可・不可)

●ご協力ありがとうございました。今後の参考にさせていただきます。

いに張り出したアーケードがあった。

きっとここは冬が厳しいのだろう。

その街の奥に、三階建ての大きな城がそびえ立っている。

「あそこがラジャラウトスの城だ」

エンデール様が城を指さす。男らしいごつごつとした指だった。

「だが、お前の居室はあそこにはない」

ふうん、あたしは城には置いてもらえないのね。

「じゃあどこ？」

「こっちだ」

エンデール様が歩き出したから、あたしはそれについていく。意外な事に彼はゆっくり歩いてくれて、ついていくのが楽だった。

そうして少し歩いたところに、これまた大きな建物があった。

中に入ると宝物庫みたいにいろいろなものが置かれていて、学者っぽい人たちが何人も行き来している。

「ここが研究所だ。詳しい話はそっちの女に聞け」

そう言われて初めて、あたしは近くに女の人が立っている事に気づいた。

あれ？　なんか見覚えがある気がする。

赤い目をした女の人。どこかで会ったような……

彼女は微笑んで口を開く。

「初めまして、アリと申します」

「初めましてと言うんだから初対面なんだろう。じゃあ、ただのあたしの勘違いかしら。

「バーティミウスよ。あなたがわたくしにいろいろ教えてくださるの？」

最初が肝心だから、あたしも笑顔を見せておいた。

「はい。私は姫様にお仕えするのが仕事ですから」

アリは誇らしげに言った。

「後は任せた」

そう言ってエンデール様が踵《きびす》を返す。一体どこに行くんだろう。

「エンデール様はどちらへ？」

「別室に解読途中の文書がある。あれはなかなか厄介でな」

「そうですか」

エンデール様は自分でも古文書を解読しようとしているのね。てっきり人任せにしてるのかと思ったわ。

「姫様、こちらにどうぞ」

アリに案内されたのは、埃《ほこり》っぽい部屋だった。多分、長い間掃除されていないのだろう。

そこには十冊くらいの本が置かれている。和紙みたいな紙を紐で綴《と》じてあるんだけれど、どれも年月が経っていてぼろぼろだった。

「これは？」

「姫君に解読していただきたい史料にございます」

あたしは脇にあった手袋をはめて史料を開いてみる。

〝神より賜《たまわ》りし左目の力……〟

ぱっと見ただけで意味がわかった。これは本物だ。本物の古代文字。古代の書物。

あたしはそこらへんの椅子を借りて座る。

さて、何が出てくるかしら。唇をなめて気合を入れ直し、あたしは古文書を読み始めた。


七ツの瞳とは、七つの民を象徴する七色の宝玉で、昼と夜では別のものに見える。

瞳という名が表す通り、中に瞳孔のような縦長の切れ目があり、それが日差しの強弱によって開いたり閉じたりする。

そして、それは持ち主に強大な力を与える。冬の世界に春をもたらすほどの、強力な力を。

クレセリアはそれを使って、温かく過ごしやすい国を作っていた。

――以上が、古文書を読んでわかった事だ。

それで、七ツの瞳はどこにあったというのだろう。失われた伝説の秘宝はどこに安置されていたのか。そう思いながら続きを読んでいく。すると、その秘宝は神の祭壇に安置されていたと書かれていた。

では、なぜクレセリアは一夜にして水に沈んだのだろう。今度はそれを調べようと思ったけれど、古文書の中に答えは見つからなかった。

「姫様」

アリが困ったように呼びかけてくる。

「もう真夜中ですよ、姫様」

そう言われて時計を見た。いつの間にか夜半になっている。

「ごめんなさい……」

アリに謝りながら、お腹が減っている事に気づく。

でも、こんな真夜中に食べ物を手に入れるなんて無理だろう。あたしはただの留学生なんだし。

「疲れたわ、寝る場所に案内してくださらない？」

「はい」

アリはほっとした顔で、隣の棟の一室に案内してくれた。

質素だけれどきれいに整えられた部屋は、居心地がよさそうだ。

テーブルには、簡単な食事が用意されていた。鳥肉の冷製とパン、水差しに入った水。あたしが食べたい時、いつでも食べられるようになっていたのだ。

でも、まずは着替えたい。

「着替えはある？」

「こちらに」

アリに示されたタンスを開くと、衣装がいっぱい入っていた。これなら当分着るものには困らなさそうだわ。

「お風呂も使えますよ」

「え？」

きょとんとするあたしに、アリは続き部屋にあるお風呂を見せてくれた。

なんと浴槽の上に蛇口がついている。ここは水道が引かれているのね。

「体を拭くための布などもこちらにございますので」

アリはそう言って続き部屋から出ていく。

「何かございましたら、こちらの鈴を鳴らしてください」

あたしにベッド脇の鈴を見せた後、彼女も自分の部屋に戻っていった。

「……とにかく体を洗おう」

もう何日洗っていないかわからないし、ひとまずお風呂に入る事にした。

あったかいお湯って最高。日本人のお風呂好きって、生まれ変わっても変わらないのね。

湯船で体を伸ばして、石鹸《せっけん》で洗って、すごくいい気持ちになる。

お風呂を出たらゆったりした寝巻に着替え、ご飯を食べてから布団に入った。


荒涼《こうりょう》とした世界が広がっている。

草の一本も生えていなくて、まさに荒地《あれち》と言うしかない場所だ。

地面の土は赤い。赤土とかそういう色じゃなくて、もっと赤みが強くてどす黒い。

これは血を吸った大地だ。唐突にそれがわかった。
ここはどこかしら。あたしの知っている場所じゃないのは確実。
あたりを見回しても、場所が特定できない。
あたしはただ、そこに立っているだけ。人を呼ぼうとしても、声が出ない事に気づく。
そんなあたしの他に、登場人物が一人いた。
フードを深く被った大柄な人。
ローブの裾《すそ》から見えるはずの足が見えない。ふわりと浮いているのかしら。
あなたは誰なの。問いかけようとしても声は出ず、空気が少し震えただけだった。
でも大柄な体をした誰かは、ふと顔を上げる。
その目は七色に煌《きら》めいていた。
足が痛い。奇妙な痣《あざ》のあるあたしの左足が。
思わず顔をしかめたところで、目の前の誰かが呟《つぶや》く。

「ああ、共鳴しているのか」

その声だけが、やけに耳に残った。
知っているはずなのに、どうしても思い出せない声だった。

「何？　あの書物だけでは、七ツの瞳を見つけられないだと？」

研究所の一角で古文書を読むエンデール様に話しかけると、剣呑《けんのん》な声で返された。

目の下に隈《くま》を作った彼がきつく睨《にら》んでくる。

「どういう事だ」

「どういう事もへったくれもないわ。本には神殿の祭壇に安置されていた、という事しか書かれていないんだもの。それだけじゃ、どこにあるのか推測する事もできないわ。どれだけの遺物がエンプウサの湖から持ち出されたと思っているの？　膨大な数なのでしょう？　もしかしたら七ツの瞳も、なんなのかわからないまま持ち出されているかもしれないわ」

「なるほどな」

彼は考え込むように眉間《みけん》に皺《しわ》を寄せた。

ここに来てからもう三日になる。その間にあたしが読まされたのは、普通の研究者だったらとても太刀打ちできないほど抽象的で難解な文章ばかりだった。それを思うと、あたしをさらったエンデール様たちの判断は多分正しい。

「七ツの瞳に、特定の魔法に呼応するような目印がつけられていた可能性は？」

エンデール様がそう尋ねてくる。

「少なくとも、あたしが読んだものの中にそういった記述はないわ。もしかしたら、当時は誰も触らなかったから、そんな措置なんて取られていなかったのかもしれない」

彼が黙り込んだ。下手したら怒り出すんじゃないかしら。そんな不穏な空気を漂《ただよ》わせ始める。

「ねえ、古いおとぎ話とかに、七ツの瞳に関係するものはない？」

少し怖かったけど、あたしはもう一度彼に話しかけた。だってまともに聞ける人はこの人くらいなんだもの。研究所の人たちはあたしを遠巻きにしているから、話しかけにくくてしょうがない。

「は？」

「民謡とか、なんだっていいわ。七ツの瞳に触れているものはない？」

「お前は何をする気なんだ？」

「もしかしたらそういったものに、何かヒントがあるかもしれないわ」

「そんなものにヒントなど……」

「ないと思う？　あたしはそうは思わない。おとぎ話や民謡というのは、古い伝説が元になっていたりするから」

あたしはエンデール様の目をじっと見つめる。ゲームとかでも、おとぎ話の中にすごい事実が隠されていたりする。だから可能性がないわけじゃないと思う。

「あたしは、あきらめないわ」

煌《きら》めく金の目が、あたしをしっかりと捉えた。真意を探るような目だ。

「……おい、サディ」

エンデール様は近くに控えていたサディさんを呼ぶ。

「はい」

「この女を、第一図書館に連れていけ」

「よろしいのですか？」

「この女があきらめないと言うのだ。好きにやらせてみればいい。どうせ徒労に終わるだろうがな」

「しかしあそこは……」

「サディ。俺の命令が聞けないのか？」

その言葉で、サディさんに反論の余地はなくなった。彼はこうべを垂れて溜息をついた後、あたしを出口の方へ促《うなが》す。

「こちらです」

部屋を出て歩きながら、あたしはサディさんに聞いた。

「第一図書館というのは、どういうところなの？」

「エンデール様が幼い頃によく通われていた場所でございます。今でもエンデール様の許可がなければ誰も入る事ができない、あの方のためだけに作られた場所です」

「そんな場所に、おとぎ話があるの？」

「エンデール様はおとぎ話が好きだったそうです。王命により集められたあらゆるおとぎ話が、第一図書館にはあると言われております」

「そんなところに、あたしなんかが入っていいのかしら」

「心配いりません。エンデール様がお許しになられたのですから」

あなたは相当気に入られたようですね、とサディさんが言った。

「エンデール様は気に入ったものは絶対に手放さないのですよ」

「そう。彼に恋された人は大変ね」

「そうですね」

そんな事を言っている間に、あたしたちは第一図書館に着いた。

サディさんが取っ手をつかんだだけで、扉がするりと開く。あたしはびっくりしてしまった。

「ここって鍵がかかっていないの？」

「いえ、私はエンデール様の鍵ですから」

よくわからない言葉に首をかしげながら入った部屋は、とても不思議な部屋だった。

最初に目に飛び込んできたのは、採光のための窓。その表面は平らでなく、曲面になっている。

壁には翠光石《すいこうせき》がいくつもはめ込まれていた。この石は昼間の光を吸収して夜になると光るのだ。

かなりの高級品で、産地じゃなかったらこんなに大量に使えないはずなのに……。そうだ、思い出した。この国には大鉱山があるんだった。きっとこれも、大鉱山で採れたものに違いない。

本棚のてっぺんは天井まで届いていて、梯子《はしご》は自在にスライドさせられる。どこを見ても古い本ばかりだった。

これは絶版になったバスチアのおとぎ話だわ。こっちは何かしら。

そんな感じであちこち見て回ってしまいそうだ。

「あまりはしゃぐと床が抜けますよ」

今にも跳びはねそうなあたしを見て、サディさんが笑う。あたしは思わず足元を確認した。なんで床が抜けるというの？　まさか……

「本の重さで？」

「はい。魔術で床を補強してありますが、すでに耐重量を超えているのです」

そう言ってサディさんはゆっくりと足を踏み出す。すごく慎重に歩いているわ。

「古代クレセリアと同時期に作られた物語は、確かこちらだと思います」

サディさんが指さした書架《しょか》は、とても大きかった。

「ありがとう」

お礼を言って、ざっと背表紙を見てみる。童話集、伝承集、おとぎ話……

だめね、タイトルだけじゃわからない。

中身を読むしかないと判断して、適当な一冊を手に取る。そして近くの書架に寄りかかってページをめくった。おとぎ話や民話は一話一話が短いから、読むのが楽だ。

これじゃない。じゃあこれはどうだろう。

片っ端から取り出して流し読みしては、そのへんに積み上げていく。

「手当たり次第に引っ張り出さないでください……元に戻すのが大変です」

サディさんのぼやきを聞いて、はっとした。

「そうよね、ごめんなさい」

一冊ずつ読んだら本棚に戻す事にする。

あたしが任されているのは、すごく重要で大変な事なのだとようやく気づいた。

でも一回やるって決めたんだから、今はこれに集中しなきゃ。


何日たっても、いい結果は出なかった。

毎日第一図書館に通って夜遅くまで本を読んでいるのに、どうしてもヒントが見つからない。探すところを間違えたのかしら。でも、ここ以外にどこを探したらいいんだろう。……わからない。まったく見当がつかなかった。

本を読む事自体は楽しい。童話や寓話。喜劇や悲劇。好きな本だけゆっくり読めるなら天国だけど、そういうわけにもいかなかった。

数えてはいないけれど、多分もう一か月くらいはここにこもっているはず。エンデール様とはしばらく接触していないものの、彼だってそろそろしびれを切らすだろう。

そう思っても決定的なものを見つけられないまま、今日も本を読んでいく。とうとう古代クレセリアだけじゃなく、他の地方のものにまで手を付けているのが現状だった。

今読んでいるのは、とあるおとぎ話。長い胴体は鱗《うろこ》に覆《おお》われ、兎のように真っ赤な炎の目を持つ竜の話だ。

……これじゃない。もし竜の目が七ツの瞳だったら、さすがに手に入れる事はできないし。

あたしは別のおとぎ話を読んでみる。

南の凍《こお》れる大地が涙を落として、非常に美しい宝玉となった。……これは近そうだけど、特殊な力を何も持っていないって書かれてるから違うわ。

北の果てに在るという、炎と氷の神が持つ玉。それには何者も触れる事ができない。……アウトだわ。これも違う。

おとぎ話の知識は増えていくけれど、これだっていうものが見つからない。

ゲームなら攻略本が欲しいくらいだ。でもそんなのないから、自力でやるしかない。

あたしは大きく息を吐き出した。


「そんなに頑張らねぇでもいいだろうに」

本に顔を突っ込んで寝ていたら、誰かに声をかけられた。あたしは寝ぼけてぼんやりしたまま答える。

「……やるって決めたのよ。あたしはこの国の役に立つ」

「あんたにとってここは他国だろ。それに、さらうも同然で連れてこられたってのに」

「あたしね、エンデール様に少しだけでいいから笑ってほしいの。あの肩に乗っている重いものを、ほんのちょっとだけ軽くしてあげたいの」

「俺のお姫さんはこれだから」

「別にあなたのお姫様じゃないわ。あたしはバスチア第二王女バーティミウス。他に名前はないの」

「……ズリアの鉱山」

「え？」

「ズリアの鉱山にまつわる話を読め。俺に言えるのはそんなだけだ」

「待って、どういう意……」

そこではっとした。

この声はあの人の声。誰よりも信頼できる、あたしを守ると言ってくれた人の声。

「イリアス……？」

あたしは本から顔を上げる。当たり前だけど、イリアスさんはいなかった。

でも今、確かにイリアスさんの声が聞こえたのだ。

「お呼びになりましたか？」

サディさんが慌てて近づいてくる。目をこすってよく周りを見回しても、やっぱり彼以外に人はいなかった。

「……疲れているのかもしれないわ。夢を見たの」

「夢ですか」

「ねえ、ズリアの鉱山に関する話はここにあるかしら？」

「ズリアですか。あんな辺境の話なんて……一応、目録を見てみましょう」

「あたしも見るわ」

あたしたちは目録を見てみた。この図書館には膨大な数の本が収められているだけあって、ズリアの鉱山に関する童話も数冊見つかった。

どうしてあの人の声が聞こえたのかはわからない。でもあの人が言うのなら、それを信じてみたい。

本を手に取りページをめくる。古い方言や、意味がわかりにくい言い回しばかりだった。難解と言ってもいいその本の内容は、民話によく見られる、洞窟の果てにある異郷の話。貧しい主人公がそこで特殊なものを手に入れて、最後には宝を得るのだ。

これのどこに、七ツの瞳を見つけるヒントがあるというの？

そうやって頭を悩ませていると、エンデール様がやってきた。

「何か手がかりは見つかったか」

「……」

「ここを開けてやったというのに、何も成果が出てないとは言わせないぞ」

「黙って」

あたしの声から何かを感じたのか、エンデール様が大人しく黙る。

「あたし今考えてるの。邪魔しないで」

ズリアの鉱山の話に共通するのは、特殊なランプ。その灯りに照らせないものなど何もないという。それなのに、主人公は見つけた宝石の光に目がくらんで、ランプをどこかにやってしまう。

……このランプがすべてのものを照らすというなら、闇に棲《す》みつく異形であっても照らしてしまうんじゃないだろうか。

じゃあ、このランプはどこで手に入るの？　同じ系列の話を読むと、いずれも鍵を握るのは魚という事になっている。

巨大な魚だったり、人魚だったり。

「ねえ、ラジャラウトスには人魚っているの？」

「は？」

「人魚ですか……？」

二人が怪訝《けげん》そうな声を出す。彼らを見ながらあたしはもう一度尋ねた。

「答えて。いるのいないの？」

「それが一体なんの意味を持つ」

「ズリアの灯り。〝まれなる満月〟」

本に書かれていたランプの名前だ。まれなる満月。主人公たちの幸運の象徴。

「それがどうした」

「すべてのものを照らすのよ。七ツの瞳も、すべてを照らす絶大な魔力を持っていたとされているわ。つまり大きな共通点がある」

「〝まれなる満月〟が七ツの瞳だというのか？　お前は」

「もし違ったとしても、近いものじゃないかと思うの」

こいつ頭がおかしいんじゃないか？　って顔をしてから、エンデール様が言う。

「……ラジャラウトスに人魚はいない」

そうか。さすがにファンタジーの世界でも、人魚まではいないのね。

でも、あれが本当にイリアスさんだったとしたら、何か手がかりがあるはず。あるに違いない。

彼を信じるって決めたから信じ抜くだけ。

そんな事を思っていると、エンデール様が教えてくれた。

「しゃべる魚ならいる」

「その魚はどこにいるのかしら？」

「城の神域、王魚の湖と呼ばれる場所に」

「……案内して」

「だめだ」

「どうして」

「祭礼や儀式の時でなければ、王魚にまみえる事はかなわない」

「〝まれなる満月〟の所在がわかるかもしれないのに？」

「それはお前の想像だろう」

「そうね、確かめなくちゃ想像の域を出ないわ」

エンデール様が睨《にら》みつけてくる。かなり目力があるわね。でもあたしは負けない。これでも前世では弟三人との睨み合いで負けた事がないんだから。

「確かめさせて。あたしみたいな余所者《よそもの》に頼るほど切羽詰《せっぱつ》まってるくせに、くだらない決まり事を守ってる場合？」

エンデール様の目をじっと見つめる。下手したら不敬罪になりそうなくらいに。

視る。見る。瞳を彷徨《さまよ》わせたりなんてしない。絶対に揺るがないって気持ちを込めて見続けていると、彼の瞳が先に揺らいだ。

「……お前はどうしてそう、迷いのない目ができる」

「迷いに迷って絶賛迷子中よ。でも走り続けるつもりだから」

「……」

彼は黙った。黙って黙って……ようやく口を開く。

「仕方がない。今夜、動きやすい格好で待っていろ」

それを聞いて、この人はあたしをこっそり連れていってくれるんだってわかった。

動きやすい格好か。それなら女官のアリみたいな服がいい。いつも動きやすそうでいいなと思っていたのよね。


その夜。アリに適当な言い訳をして服を借りたあたしは、それを着て部屋で待っていた。

じりじりと時計の針が動いていく。

どれくらい待っただろうか、窓が外から開けられた。そこに立っていたのはもちろんエンデール様だ。

「こっちだ、アリア」

「あたしの名前はばーて――」

「今はそんな言い合いをしている場合じゃない」

「……わかったわ」

あたしはしぶしぶ頷いた。なんか負けた気がするのは気のせいかしら。

「背負っていく。しっかりつかまれ」

「ありがとう」

そう言って素直におぶさると、意外そうな声が返ってきた。

「……軽いな」

「これ以上重くなると、杖をつくのも大変なの」

「なるほど」

エンデール様がひらりと窓から飛び降りる。

あたしが叫ばなかったのは奇跡ね。というか急すぎて声も出せなかった。

彼は二人分の重さを感じさせない動きで、軽やかに着地する。そしてそのまま走り出した。その身体能力の高さにあたしは驚きを隠せない。

「首尾はどうだ、サディ」

「見張りには眠り薬をかがせました。お急ぎください」

いつの間に合流したんだか、後ろを走るサディさんが小声で報告した。

あたしたちは、というかあたしを背負ったエンデール様とサディさんは、城の奥へと走っていく。

それもすごく静かに。あたしじゃできない芸当だ。

サディさんが手を触れただけで、目の前の扉が次々と開いていく。何か不思議な力で鍵を開けているみたい。ああ、だからこの人は「エンデール様の鍵」を自称していたのね。

そう思いながらエンデール様の背中にしがみついていると、木々に囲まれた場所に着いた。どこからか潮騒《しおさい》のような音が聞こえてくる。

「王魚の住処《すみか》だ」

エンデール様が小声で言う。あたしはそろそろと地面に下りた。

目の前に大きな湖がある。水の透明度は最高レベルだわ。月明かりが水面に反射して静かに光を散らしている。

とってもきれいな湖だった。ここに王魚がいるっていうのも納得がいくくらい神秘的。

「……どうやったら、王魚は出てくるの？」

「祭礼の時は専用の鈴を投げ入れる」

「……ねえそれ、音出ないわよね」

鈴を水に入れたって音なんか出ない。そんな事をして、一体なんの意味があるっていうのかしら。

「だが一応、形式としてそうなっている。今日はさすがに持ち出せなかったが」

「だったら石でも投げれば……」

「王魚の怒りを買うぞ」

「そうよね……」

他に方法はないかと思って周囲を見回すと、近くに船が繋がれていた。あたしはそれに近づき、船を岸に繋いでいるもやいを外す。

「何をする」

「船で湖の中心まで行けば、もしかしたら王魚が出てくるかもしれない」

物は試しだ。やってみて損はない。

「……俺も乗る」

「助かるわ。一人じゃ漕《こ》ぐ自信がなかったの」

「殿下、私もついてまいります」

すかさずサディさんも同行を申し出てくれた。

「お前がいると安心だ」

そうして三人で船に乗った。エンデール様とサディさんが櫂《かい》を持ってゆっくりと漕ぎ出す。そのまま湖の中心まで行ったけど、何も起こらなかった。

やっぱり、何か投げ入れるしかないのかしら。

船の縁から湖を覗《のぞ》き込む。

深く澄み切った、濃紺の湖。王魚に会えたらどんな事を語ってくれるんだろう。

そう思った時矢先、ひゅんと矢が飛んできた。

船のバランスが崩れ、「曲者《くせもの》!」という声が耳に届く。

「おいサディ、見張りは眠らせたんだろう!?」

「薬のかがせ具合が甘かったようで」

「馬鹿!」

エンデール様とサディさんは焦っているのに、どこか余裕がある。漫才みたいなのは気のせいだろうか。

火のついた矢が次々と船に刺さる。

「いったん戻るぞ、つかまれ！」

あたしはエンデール様に言われた通り、船の縁《ふち》につかまろうとした。

でも均衡《きんこう》を崩した船は大きく傾いて――

「あ……」

あたしは湖の中に投げ出されてしまった。体がどんどん沈んでいく。

ちょっと待ってよ。この世界に生まれてから、泳いだ事なんて一回もないんだけど。

「アリア！」

「姫さん！」

おかしい。なんでエンデール様の声と同時に、イリアスさんの声がしたの。

二人の切羽詰《せっぱつ》まったような声を聞きながら、あたしは水底へと沈んでいった。


「水底のこの宮《みや》に落ちてくるものがあるとはな」

そんな声が聞こえて目を覚ました。

あれ？　息ができる。水の中に落ちたんじゃなかったの？

あたりを見回しても、どこだかさっぱりわからない。

服は濡れていなかった。そして息ができるという事は、この場所には空気があるって事だ。

わけがわからないまま起き上がってみると、それがいた。

思わずじろじろと相手を観察してしまう。

失礼かもしれないけどそうせずにはいられないくらいに、異形である。

鱗《うろこ》に覆《おお》われた偉丈夫《いじょうふ》。人間でいうところの胸の部分が膨《ふく》らんでる。え、雄なの雌なのどっちなの？　どっちでもないの？

うわ、悩む。

「驚いたか、小娘」

ただそれだけを、偉丈夫は言った。あまりの威圧感に体が支配される。

唯一わかるのは、この魚人のような偉丈夫が只者《ただもの》じゃないという事だ。

鱗の偉丈夫は、長い髪を優雅にまとめ上げていた。真珠光沢のある髪の毛先が、まるで水の中にいるかのように揺らめいている。移り変わる湖の色を写し取っているような、一言では表せない髪の色だった。

偉丈夫は前合わせの着物みたいなものを緩《ゆる》く着崩していて、そこから乳房があらわになっている。

ちらっと見たら足には水かきがあった。

この人……いえ、人なのかしら。とりあえず水に関わる生き物だっていうのは理解できる。

「ええと、あなたはどなた？」

まずあたりさわりのない事を聞いてみた。初対面の相手には聞いてもいい事だと思う。

「わたくしは、バーティミウスというのです」

あたしが自己紹介したら、偉丈夫《いじょうふ》は目を一度ゆったりと瞬《また》かせた。瞳の色も湖を切り取ったような不思議な色合いをしている。何色とも言い切れない複雑な色味だ。

「どなたとな？　王魚の湖に落ちてきながら、誰《たれ》そ彼と問われたのは初めてだ」

面白い、とでも言いたげにその人が笑った。艶《つや》めいた唇の奥に、鋭い牙らしいものが覗《のぞ》く。鱶《ふか》を連想させる牙だった。ぞくりと背中に奇妙な感覚が走る。それはたとえて言うのなら……そうね、食べられてしまうんじゃないかっていう感覚に近い。

あたしは偉丈夫の言葉についてじっくり考えてから、「え」と呟《つぶや》いた。

「あなたが王魚なの？」

「魚たる王、まさに王魚。人間というものは吾《われ》をそう呼ぶな」

王魚は鷹揚《おうよう》に頷いた。

まさか、この偉丈夫が王魚だったなんて。でも、その風格は確かに王と言ってもいい。絶対的覇者の風格だ。

逆らうにはかなりの精神力と努力と、神経の太さと面《つら》の皮の厚さが必要かもしれない。

「わたくしを助けてくれたのですか」

「ん、そのようだな、魚どもが騒ぐゆえ、見に行けば小娘が溺れていてな。屍《しかばね》を腐乱させる道理もない。息ができるなれば、地上に送り返してやってもかまわぬ」

「ありがとうございます」

「ほう。礼を言うのか」

「助けてくれた相手にお礼を言わないほど、不作法ではありません」

そこではっとした。これが本当に王魚なら、聞かなければならない事がある。

ただの魚に用はないのだ。王魚という、古い時代から生きているであろう存在。その深い記憶に用がある。

「いくつか、あなたに聞きたい事があるのです」

「豪胆《ごうたん》だな、小娘。息を吹き返したと思えば、吾《われ》に問いかけをするのか」

「大事な事なの」

「すべての事は些事《さじ》でしかあるまい」

それは人間の都合なんて、全然気にしないって感じの答え方だった。そりゃ、王魚にとってはどうでもいい事かもしれないけど、こっちにとっては大事だ。だから聞く。

「〝まれなる満月〟はどこにありますか？」

「あれは人間の作り出したおとぎ話の中の存在でしかない」

「それは本当？」

あたしを見返してくる王魚の目は、深い色をしていた。人間なんてちっぽけでしかない。本当にどうでもいい。そんな事を言っている目が、じいっと見つめ返してくる。あたしの中身を覗《のぞ》き込み、魂というものを見抜こうとするような眼差しだ。

あたしは無性に逃げ出したくなった。見られたくないものまで全部、この王魚に見られている気がする。

「なぜ、あれが実在すると思う」

王魚が、確認するように問いかけてきた。

「七ツの瞳も実在するはずだから」

本当は違う理由だけど。イリアスさんがくれた唯一の手がかりだから、信じているだけ。

信じられると思った人を信じ抜く、その思いまでこの王魚には見られているように感じた。全部知っているくせに問いかけているんだったら、王魚は悪趣味だわ。

ただでさえ威圧感が半端じゃないので萎縮《いしゅく》しそうになる。口をつぐんでうつむいて、王魚から隠れたい。

見られたくない。全部見透かされたくないのに、王魚はその気持ちすら見抜いている気がする。

「あれを信じるのか。あれが出てくる物語も人間が作ったものにすぎないというように」

どこから取り出したのか、煙管《きせる》をくわえる王魚。その中で煙を上げているのは、よくわからない匂いのする粉末だった。

あたしは勇気を振り絞って問いかける。

「あると思ってはいけないのですか」

「いいや。……そうか、あれを信じる者がまだいるのか」

面白くなってきたとでも言いたげな顔をして、王魚が唇に手をあてた。

「〝まれなる満月〟は実在しない」

「しかし――」

あたしが反論する前に、王魚は両手を広げて歌うように語り始めた。

「あれの原型となったものは存在した。しかし、それも悠久の時の中で失われた。長い……吾《われ》ですら長いと感じるだけの時間の中で、それは消えたのだ」

「それは一体なんなのですか？」

嫌な予感がした。こういう予感ほど当たるっていうのは、この世界でも同じだ。

王魚が厳《おごそ》かな声で託宣《たくせん》のように告げる。

「七ツの瞳だ」

ほら、やっぱり。あたしは落胆した。

「七ツの瞳は砕かれた。古き世で。吾がクレセリアを沈めたあの時。最後の巫女が運命にあらがい、破滅の唄《うた》をもってして、あれを再生不能なほど砕いたのだ」

「……」

どうしたらいいんだろう。途方に暮れてしまう。鉱山に巣食っているという怪物は、七ツの瞳がなければどうしようもないのに。

なんていう無理ゲー。他に手段はないのかしら。

……ていうか。

「あなたはどうして、古代クレセリアを沈めたのですか？」

「そんな些細《ささい》な事はどうでもよかろう」

「あなたにとってはそうかもしれません。けれど、あたしには気になるの」

「あまりにも傲慢《ごうまん》になりすぎたあの国は、七つの民を滅ぼそうとした」

ゆえに沈めただけだと王魚は言う。

「小娘、そろそろ終わりだ」

語れる事は語ったとでも言いたげに王魚が煙管《きせる》を口から離す。吐き出された息は、すごくいい匂いがした。

「待ってほしいの。一つだけ教えて」

「欲深い小娘だ。しかし、吾も久方ぶりに言葉を紡《つむ》いで楽しかった。特別に答えてやろう」

「ラジャラウトスの鉱山に巣食う怪物は、人間がどうにかできる存在なの？」

「その目で確かめればいい。お前が決める事だ」

どうんと音がした。お腹の底に響く、低くて分厚《ぶあつ》い音。

なんだか世界が揺れている。あれ？　上からパラパラと何か細かい屑《くず》が落ちてきてない？

それより気になるのは、王魚の言葉の意味だ。

「どういう――」

「さらばだ小娘。吾とて居住する場を崩落させたくはない」

何言ってるの？　あなたの言ってる事がちっともわからない。

そう言おうとした時、いきなり体を引っ張り上げられるのを感じた。

そしてそのまま上に引き上げられる。結構な力だった。

「アリア!!」

鋭い声がして、びしょぬれのエンデール様が腕をつかんでいた。当然あたしもびしょぬれだ。水を吸った服が重い。息を大きく吸って吐き、やっと彼の名前を呼ぶ。

「……エンデール様」

「よし、生きているな。おいサディ！　こっちだ！」

エンデール様があたしをつかんだまま片手を振る。船が近づいてきて、その上ではサディさんが櫂《かい》を操っていた。

「バスチアの姫を溺死させたとなれば、それだけで戦争になる」

「以前は戦争になってもかまわないとおっしゃっていたのに」

「それとこれとは話が違う。アリアは大事だ」

「さようですか」

サディさんがなんとも言いがたい顔をして、あたしたちを船に引っ張り上げる。

「なかなか上がってこないので、殿下まで溺れてしまったかと思いましたよ。それで、王魚の宮《みや》へ行けましたか？」

「だめだな。結界の強さが想定をはるかに超えていた。手持ちの道具ではどうにもならん」

「では……おや、姫君。何か言いたげなお顔ですね」

「……多分あたし、その宮に行ったわ」

「本当か？」

エンデール様が、上着を絞りながら言う。

「……王魚は言ったの」

「〝まれなる満月〟の事か」

「それだけでなく、七ツの瞳の事も」

エンデール様の目の色が変わった。

「あの偉大なる魚はなんと言った！」

ここでエンデール様がぐっと顔を近づけてくる。

「〝まれなる満月〟はおとぎ話の中のものだって」

「そうか。七ツの瞳は？」

「……言いたくないんだけど、言うわね。はるか昔に壊されたそうよ」

それを聞いたエンデール様が、しばし黙ってから小さく呟《つぶや》く。

「……ふざけるな」

「でも王魚はそう言ったの。クレセリアを水底に沈めた時に、巫子《みこ》が壊したって」

「俺たちの努力は無駄だったというのか」

エンデール様の声が震えている。激情を抑えつけているような声だった。サディさんが焦った顔でなだめる。

「殿下、落ち着いてください」

「もとより探すのは難しいと思ってはいたが、この半年、探しに探して……挙句《あげく》の果てにすでに失われたと？　あの鉱山でどれだけの血が流されたと思っている」

エンデール様は手を強く握ってぶるぶると震えている。その口から発せられた声も激情に揺れていた。

「バルバロッサは死んだのだぞ。俺すら勝てなかったあの英雄も殺されたのだぞ」

また知らない名前が出てきたわ。一体どういう事かしら。唯一わかるのは、その人がエンデール様にとって信用のおける人だった事くらいだ。

「……ただね。あたしは言われたわ」

「何をだ。まさかお前ならどうにかできるとでも？」

嘲笑《あざわら》うような口ぶりで、エンデール様が問う。ありえないと言いたげだ。

あたしだって同じ立場だったら、きっとそう言うと思う。

「自分の目で確かめろって。それをどうにかできるか、あたしが決めるんだって」

「お前はただの王女だ」

「そうね、あたしはただの王女。お姉様とは比べものにならないわ。才能も。頭の回転も。美貌《びぼう》も。性格も。何もかもが比べものにならない」

あたしはまっすぐエンデール様を見る。

「でも、あたしは王魚を信じるわ」

「……」

「あたし馬鹿だから、何かを信じなくちゃ前に進めないの。あたしは王魚の言葉を信じるわ。だから連れていって。その、怪物がいるという鉱山に」

エンデール様は何も言わない。でも、サディさんが代わりに口を開く。

「だめですよ。危険すぎます。あの怪物は『凝《こご》った闇』とでも呼ぶべき存在。形すら定かではないものに、あなたがどう対抗できるというのです」

「王魚があたしに自分の目で見て決めろと言ったわ。それには意味があると思うの」

「非力なあなたは片目だけでは済まないかもしれません！　あの闇に呑まれて、骨の欠片《かけら》も残さず食われてしまったら……」

サディさんは実際に対峙した事があるから、それがどれだけ怖いかわかっているのね。

でも――

「行かせて。あたしはあなたたちの役に立ちたいの」

エンデール様があたしをまじまじと見た。

「……なぜだ。お前に利益は何もない」

「あるわよ。きっとあなたが笑えるようになるわ」

「は？」

「あなた、知ってる？　ちゃんと笑えていないわよ。あたしが見ている間ずっと、心の底から笑えないって顔をしてるの。きっと背負ってるものが重たすぎるのよ。第一王位継承者で。皇太子で。こんな問題まで抱えて。あたしはね、あなたがもうちょっと肩の力を抜いて笑えるようになれば、それでいいのよ。そのために役に立ちたいの。あなたはあたしの信用する人に似ているから」

イリアスさんに似ているから力を貸したい。

そんな理由でいいじゃない。動機が些細《ささい》な事じゃいけないという道理はないでしょう？

でも、エンデール様には理解できなかったみたい。

「そんな阿呆な理由で……」

「阿呆でいいわ、あたしは。あなたが笑えるようになれば、あの人も笑ってくれる気がするっていう自己満足で動くの。そのためなら手段なんて選ばないわ」

あたしはきっぱりと言い切った。あたしは阿呆のまんまでいい。イリアスさんが笑ってくれるっていうそれだけのために、あの人が笑ってお姫さんと呼んでくれる王女でいるためだけに、エンデール様を助ける。完全な自己満足だった。

エンデール様が手で顔を覆《おお》う。

「……賢者姫は歴史に残る大馬鹿野郎だったのか」

「褒めてくれてありがとう」

「どうせ明日、鉱山に行く予定だった。お前もついてこい」

「殿下！　止めてくださいませ！　危険すぎます」

「安心しろサディ。俺もこの女とともに行く。死ぬ時もともに逝《い》く。この女だけ死なせるよりは、俺も同時に死んだ方が、多少は風当たりもましになるだろう。まあ、俺はこの女を死んでも守るがな」

「そんな事しなくていいわよ」

「俺がこれはと思った女を、みすみす殺すわけにはいかない。王魚との対話を成功させるような女を、そうそう見殺しにはできない」

「何が言いたいの？」

乙女ゲームならフラグが立ちそうなセリフだなって、ちらっと思った。

でも忘れちゃいけない。このゲームのヒロインはクリスティアーナ姫であって、あたしじゃない。悪役は降りたつもりだけど、だからってあたしに恋愛フラグが立つ事はありえないはず。

「後でわかる。お前と俺が、あの怪物をどうにかできた暁《あかつき》にはな」


大狼《だいろう》の足でも丸一日かかる距離。それは馬だったら三日はかかるという距離だ。ラジャラウトスが誇る大鉱山は、それだけ遠い場所にあるという。でも遠いと言ったって日本の感覚だったら多分、意外と近くなのよね。あっちには自動車とか電車とかあったわけだし。

そんな事を考えながら、馬車の外の景色を眺める。向かいの席にはサディさんがいた。エンデール様は乗っていない。彼も最初は乗っていたんだけれど、街道に着いた途端、馬車から降りてしまったのだ。

ただじっと座って考えているのは、鉱山の怪物の事。あたしに一体何ができるだろう。考えても答えは出ないんだけど、どうしても考えてしまう。

あたしは剣を使えない。戦い方も知らない。魔法なんてもってのほか。そんなあたしにできる事ってあるんだろうか。

エンデール様には、面と向かって「役に立ちたい」なんて言ってしまった。それは間違いなく本心だけど、役に立てるだろうか。

もしかして、あたしには何か秘密の力があって、鉱山に行くとそれが目覚めちゃうとか？

そう思って首を横に振る。

ありえない。絶対に絶対に、ありえない。

だってそんなものに目覚めちゃったら、一発逆転じゃない。クリスティアーナ姫なんか目じゃなくなる。もしかしたら、ヒロインの座を乗っ取る事だってできちゃうかも。

だからありえない。あたしが「スティルの花冠《かかん》」のヒロインになれるわけがない。きれいで優しいお姉様が、このゲームのヒロインなのだ。

「バーティミウス姫」

突然名前を呼ばれて、はっとした。サディさんの表情を見るに、さっきから何度も呼んでいたらしい。

あたしはばつの悪い気持ちになってしまう。

「あ……ごめんなさい、何かしら」

「さっきから考え込んでいらっしゃるようですが……大鉱山の事ですか？」

「ええ。王魚はどうしてあたしに自分で決めろなんて言ったのかなって」

「……姫君には、何か特別な力がおありなのでしょうかね」

隻眼《せきがん》を不思議そうに細めたサディさんが、あたしに疑問を投げかける。

「そんなものに目覚めた事は一度もないわ」

「でしょうね。魔力を秘めた者には、独特の風貌が備わるといいます。失礼ながら、姫君はそうは見えません」

あっさりと切り捨てられた。あたしが普通の王族だったら、彼を不敬罪で罰しているかもしれない。でも、サディさんはあのエンデール様相手にあれこれ言える人だし、これくらい普通なんでしょうね。

容赦はないけど、それが心地いい。今まであたしに容赦なくものを言ってくれる人っていなかったから。無視されるよりよっぽどいいわ。

「バスチア北部……エンプウサの人々は、高い確率で魔力を有すると聞きます。確かバーティミウス姫の母君は、そちらのご出身ではなかったでしょう？」

「いつの間に調べたの？」

びっくりして聞き返す。ラジャラウトスの人が、第二王妃だったお母様の出身地を知っているだなんて。

「これくらいは常識ですよ」

確かに。考えてみれば皇太子の側近なら、それくらい知っていて当たり前かもしれない。

だけどあたしはラジャラウトスの事をほとんど知らなかった。それだけあたし……というかバーティミウスが見ていた世界は狭かったのだろう。井の中の蛙《かわず》もいいところね。

「でも、あたしはエンデール様とソヘイル様という二人の皇太子様がいたなんて知らなかったわ」

恥を承知で言えば、サディさんは首を横に振った。

「それは仕方のない事です。普通、皇太子というのは一人しかいませんからね。しかしこの国では、双子の皇子には同等の王位継承権が与えられる。他国からすれば、大変に奇異な慣習です」

「どうしてなのか知っている？」

「私がお仕えするずっと前からそうでしたからね。謂《いわ》れがなんであったか、私にはわかりかねます」

サディさんはあたしの質問に、迷惑がらずに答えてくれる。そこらへんは、本当にゲームのキャラみたいだ。

さっきからこの人に話しかけまくっているけど、そのたびに律儀に返してくれるのは、あたしが王女だからか。それともゲームキャラとして、言動をプログラミングされているからか。

もしそうだったら、あたしもプログラミングされた人格って事になるんだけど。自分が誰かに作り上げられたキャラクターだなんて思いたくないし、複雑な気持ちだわ。


複雑な気分を呑み込んで、必要な事を聞いておく。


「大鉱山って、どんなところ？」

「ラジャラウトス一、大きな鉱山ですよ。そこでは小人たちが暮らしております」

「小人？　ドワーフの事？」

「そうとも言いますね。あの大鉱山は古来より、小人たちの住処《すみか》なのです」

「彼らは人間が鉱山に立ち入る事を嫌がらないの？」

「ラジャラウトスの王は代々、小人と盟約を結びます。我々人間は小人を裏切らず、小人も我々を裏切らない。どちらかが困った事態になったら、もう一方が力を貸すと。このたびの件も、小人が我々に助力を求めてきた事で発覚いたしました」

「って事は、それまで知らなかったの？」

大事な大鉱山を封鎖しなきゃいけないような事態なのに？

「小人は誰もが呪使《まじない》いなので、普通は自分たちだけでどうにかします。しかし今回ばかりは自分たちだけで解決できず、人間に助けを求めました。だからこれだけの大問題になるまで、我々は知らなかったのですよ」

予想していたよりも事態は重そうだ。それだけあたしの責任も重大だって事ね。

「きっとエンデール様になら、小人たちはもっと詳しい事情を教えてくれるでしょう」

「エンデール様は小人に信用されているの？」

「というよりも」

何がおかしいのか、サディさんは口元に笑みを浮かべた。

「エンデール様が小人を信用なさっているのです」

あの人にも、信用できる相手がちゃんといたのか。

よかった。誰も信じられない人生って、本当に心が荒《すさ》むから。

「幼い頃、あの方は大鉱山で暮らしていました」

昔を思い出すようにしながら、サディさんが言った。

「え？　エンデール様は王宮で育ったんじゃないの？」

皇子様なんだから、王宮で大事に育てられるのが普通じゃないかしら。あたしが思わず問い返すと、サディさんは頷いて説明してくれた。

「王族に双子が生まれますと、一方は小人や巨人に育てられ、もう一方は人間の手で育てられます。エンデール様はこの世に生まれ落ちた時、至宝『昼星《ひるぼし》』を握り締めていらしたそうです。昼星を持つ子供は小人によって養育される事になっているのですよ」

昼星？　聞いた事ないわ。何かしら。

でも、それより気になる事がある。

「おかしいわ、だって夏の首都にある第一図書館は、幼いエンデール様のために作られたのでしょう？」

「エンデール様は十歳になるまで大鉱山で育ちました。しかし、十を過ぎると王宮に戻るのが習わしなのです。あの図書館はエンデール様が十歳になって大鉱山を出る時に、小人たちがあの方に贈った、あの方のためだけの空間なのです」

「幼いと言っても、十歳くらいの時の事だったのね」

「そうです」

一つ納得したから、もう一つ疑問を解消しておこう。

「昼星って何？」

いかにも重要そうな名前だ。でもどんなものか想像もつかない。

「ラジャラウトスの王族が生まれ落ちる時に、時折握り締めているという石です。真昼の星のように、なんの役にも立たない石だと聞いていますが、それを持って生まれた王族は小人のもとで幼少期を過ごすのです」

「そうなの。何か特別な力はないのかしら？」

もしかしたら超重要アイテムかもしれないから聞いたんだけど、サディさんは首を横に振る。

「聞いた事がありません。もっとも、私も長年おそばにいるわけではありませんし……」

そうなのか。何かの鍵みたいな役割の石かと思ったのに、意味のないものなのか。

「昼星は今どこに？」

「エンデール様がお持ちになっているはずです。あの方はあれを肌身離さず持っているそうですから」

あたしは最後にもう一つ聞く事にした。

「ねえ、聞いてもいいかしら」

「なんなりと。私に答えられる事は答えましょう」

「大鉱山にいる小人たちは、エンデール様にとって信じられる相手なのね？」

「はい。それは間違いなく」

こっちの目を見てきっぱりと言い切ったサディさんは、どこか悲しそうだった。

「どうして悲しい目をしているの？」

サディさんが目を開く。隻眼《せきがん》が揺れていた。表情を取り繕《つくろ》うのはうまいのに、瞳に表れた動揺だけは隠せなかったらしい。

彼は「姫様はよく見ていらっしゃいますね」と小さく呟《つぶや》いてから答えてくれた。

「あの方の……女嫌いは度を越していますから。人間が嫌いで、特に女は輪をかけて嫌いなのです」

「どうして？」

「人間は汚い生き物ですから」

「あの人だって人間よ」

「だから余計に厭《いと》うのでしょうね。しかし、あの方は自分が王族である事と、民を守らねばならない事を十分に理解していらっしゃいます。自分の感情と王族としての義務を分けて考えられる方なのです。そんな方は……あまり、いらっしゃらないでしょう？」

最後の方は声を潜《ひそ》めて、サディさんは言った。

「王様っていうのは往々《おうおう》にして、自分の欲で国を亡《ほろ》ぼすものだもんね」

あたしはそれだけ返して、窓の外を見た。話題が暗すぎるから、別のものにしようと思ったのだ。

馬車の脇を、エンデール様が大狼《だいろう》に乗って走っている。とっても軽やかで、大狼と一体化しているように見えた。

「……ねえ、大狼に乗るのって馬に乗るよりも気持ちがいいのかしら」

その疑問にも、サディさんは律儀に答えてくれる。

「大狼は風を切りますが、馬よりも安定しています。足の太さが違うので」

「留学中に乗れるようになりたいわ」

「では、エンデール様に伝えておきます。あなたが望めば叶えてくださるでしょう」

「それはあたしが隣国の王女だから？」

「ええ。大狼の事は別段、秘密にしているわけではないのですが、他国にはあまり知られていないようですね。きっとこの国が雪に閉ざされやすい、閉鎖的な国だからでしょう」

この世界の文化水準を考えればありえる事だ。交通機関や通信手段が発達していないから、遠い土地には情報が伝わりにくい。

そういえばゲームの中でも、手紙の行き違いが元で発生するイベントがあったわね。あれは、どの攻略対象とのイベントだったかしら。

そんな話をしながら馬車に揺られていると、だんだん窓から夕日がさし始めた。

「そろそろ今夜泊まる街に着くでしょう」

「今日中には大鉱山に到着できるのではなかったの？」

夜には着くものとばかり思っていたから驚いた。まだ着かないのか。

「夜中に大狼を走らせるわけにはいきません。月の出る時間帯は大狼が言う事を聞かなくなるので危ないですよ、走らせたら。どこに行くかわかったものじゃありません」

何も知らないあたしに、サディさんは歌うように言った。

「サディ」

窓の外から声がする。エンデール様だ。

「厄介事だ」

そう言いつつ声は嬉々《きき》としていたから、サディさんが顔をしかめる。そして呆れた様子で告げた。

「はあ。あなた様が厄介事とおっしゃるのですから、それは素晴らしい厄介事でしょうね」

「素晴らしいぞ、エンプウサの集団だ」

「は？」

あたしは呆気にとられた。

エンプウサってバスチアの地名よ。なんでそんな場所から来ている人たちがいるわけ。なんのために？

確かにエンプウサは、ラジャラウトスとの国境に一番近い。あたしの知ってる地図が正確なら、大鉱山からもそこまで離れていないはずだけど……

国境越えって大問題になりがちなのよ。それで戦争が起きたっていう話もよく聞くのに。

「面白くなってきた」

エンデール様が楽しそうに笑う。この状況を楽しめるなんてどれだけ豪胆《ごうたん》なんだろう。

「おそらく、あいつらも大鉱山に行く気だろう。このあたりにはそれくらいしか訪れる場所がない」

「殿下、どうかもめ事を起こさないでくださいませ」

「世界のどこかで、毎日もめ事は起きている。俺が起こす前に、あちらが仕掛けてくるやも知れないぞ」

「おやめください、そんな事を言うのは。あなたの予想は外れたためしがない」

サディさんがうめくように言った。胃のあたりを押さえているから、サディさんは神経性胃炎なのかもしれないわね。可哀想に。

窓からエンデール様の顔を見れば、危ない笑みを浮かべていた。口の端をぎゅるりと吊り上げ、酷薄《こくはく》そうな顔で笑っている。

目が怖い。ぜんっぜん笑ってない。

とりあえずその顔から判断するに、心から笑っているわけじゃないのは間違いなかった。

「中に入れろ。俺の顔が割れているとも思えないが、一応な」

そう言いつつ、エンデール様は馬車の扉を開けた。

信じられない。並走しながら扉を開けちゃうなんて。それが普通じゃない事くらい、誰だってわかるわよ。

それなのに、さらに驚くべき事が起きた。エンデール様はサディさんの腕を引っぱって大狼《だいろう》に乗せ、彼と入れ替わるようにして馬車に飛び移ってきたのだ。

「ちょ、え、待って!?」

あたしの声が上ずる。エンデール様は向かい側に座ると、扉を閉めてしまった。

扉が閉まる前に、鞍《くら》にしがみつくサディさんの姿がちらっと見えた。

「……サディさんは大狼に乗れるの？」

思わずエンデール様に聞いてしまう。だってサディさん、どう見ても慌てふためいていたもの。

なんかあの体勢、根本的に違ってるようにも思えたけど、気のせいかしら。

エンデール様は心配なんてしてないらしく、さらっと言い切る。

「あれはあれで意外とうまいぞ」

「ぎゃあああああああ!!」

野太い悲鳴がすぐ隣から聞こえてきた。正確には扉の外からだけど。

「あれで?」

「叫びながらも落ちたためしはない。叫びながらも大狼《だいろう》に振り落とされた事はない。だから大丈夫だ」

自信ありげな声で言うと、エンデール様はこちらを見た。

「ずいぶん会話が弾んでいたようだな」

「あの人はあたしの知らない事をたくさん教えてくれたわ」

「ほう、どんな?」

「あなたの事よ」

金色の目があたしを射抜いた。無機質で冷たい輝きを湛《たた》えた瞳が、こっちをじっと見つめてくる。

唇に挑発的な笑みが浮かんだ。

そんな顔されると怖いわ。でも前世のあたしは喧嘩っ早かったから、上等だとか叫んで殴りかかっていたかもしれない。

そんなあたしの内心も知らず、エンデール様が聞いてくる。

「あれはお前にどんな事を話した」

「あなたは小人に育てられていたと聞いたわ」

「……あれは聞かれたら馬鹿正直に答えてしまうからな。秘密を秘密と思わないあたりがあれの欠点だ」

呆れた顔で息を吐き出すエンデール様。あたしは意外だった。サディさんの様子から、秘密にしてたって感じはしなかったのに。

「秘密だったの？」

「いや、お前にはそのうち話そうと思っていた」

「そう」

そこで、馬車の外から再び悲鳴が聞こえてくる。

「速い速い速い!!　ぎゃあああああああ！」

「あれで本当に大丈夫なの？」

だって、心配せずにはいられないくらいすごい悲鳴なんだもの。

鞍《くら》や手綱《たづな》に必死にしがみつくサディさんの姿が目に浮かぶ。

「サディは俺より年上だ。ああ言いつつ、割と丈夫だしな」

「殿下、やっぱり無理です無理です！　この子、殿下の愛狼《あいろう》でしたよねぇぇぇぇぇ!?」

本格的に心配になってきた。ちょっと洒落《しゃれ》になってない気がする。

でも椅子にゆったりと体を沈めたエンデール様は、まったく気にしてない。あれだけ叫んでいるのに、放置していいのかしら。

「本当にいいの？」

「お前はあれの心配ばかりするな。なぜだ」

「あのねぇ、当然でしょう。さっきから悲鳴しか聞こえてこないんだから、そりゃ心配だってするわよ」

「ほう。叫べば心配するのか」

「知り合いだったらね」

「お人よしだな、お前は」

「褒めてくれてありがとう」

そんなやり取りをした後、エンデール様が改まった様子で口を開く。

「アリア」

この人、何回言ったら普通に呼んでくれるのかしら。

「だから、あたしの事はバーティミウスと呼んでちょうだい」

「アリアの方がいい名前だろう。唄《うた》の名前だ。一人でも歌える唄。一人でも輝ける」

だからアリアだ、と勝手に納得しているエンデール様。

「あたしは一人じゃ何もできないわ」

はっきりと言い切った。事実、あたしは一人じゃ何もできない。

「誰かを信じなくちゃ動けないの。誰も信じられなくなったら、もう二度と動けないわ。そういうやつなの」

「……お前は俺の知らない世界を生きているな」

「そう？」

「なぜそんなに人を信じようとする」

「さあ。あたしが人間だから？」

冗談めかして言ったら、エンデール様は変な顔をした。

「人間だから信じるのか。人間だから疑うのではなく？」

頭がおかしい、とでも言いたげな彼。その顔になんかいらっとしたけど、ちょうどいいから持論をぶちまける事にした。

「だって、自分と同じものを信じられないなんてきついでしょ？　どうせ裏切られるってわかっていても、あたしは自分の信じたい人を信じるわ」

ややあって、エンデール様が酷薄《こくはく》な笑みを浮かべて言う。

「天性の阿呆だな、お前は。だが、そういう怖いもの知らずなところは悪くない」

あたし、別にあなたに気に入られなくたっていいんだけど。でも人の好意って大事だから、とっておこうかしら。この人の前では自分を偽《いつわ》らず思ったままの事を言えるから楽だし。

そこで御者《ぎょしゃ》の人が前から声をかけてきた。

「エンデール様、賢者姫、間もなくクルセイダイスに着きましょう」

「クルセイダイス？」

あたしは御者さんの言葉を繰り返した。

それは一体どこにある街かしら。バーティミウスは地理を習わなかったから、そういうのさっぱりわからないのよね。

「どんな街？」

これくらい聞いたって怒られないだろう。そんな事を思って聞いてみれば、エンデール様はあっさり答えてくれた。

「大鉱山の手前にある街だ。にぎやかだぞ。何しろ金銀財宝が集まる街だからな」

「人口はどれくらい？　夏の首都と同じくらいにぎやかなのかしら」

「さあな。正確な人口は把握していない。商人たちが常に出入りしているからな」

馬車が街に入っていく。今進んでいるのはかなり大きな通りだ。バスチアの王都の大通りよりも大きい気がする。首都じゃないのにこんなに栄えているなんてすごい。

「鉱山から採れる財宝で栄えた街だ」

エンデール様が窓の外を眺めながら言った。

財宝で経済が回っているって事かしら。

そうなると……鉱物が採れないって緊急事態じゃない。

エンデール様が焦る気持ちがようやくわかった。

「それにしても、装飾品の店が多いのね」

バスチアの大通りだって、こんなにたくさんの装飾品店はなかった。店はもっと少なくて、馬車から見る限り、品質もこんなによくなかった気がする。

「それはそうだろう。大鉱山付近で仕上げられた細工物やら色石やらがここに集まる。だが相場で言えば、バスチアよりも値段は安いだろうな」

「それはどうして？」

「それだけ材料が多く採掘されるという事だ。多ければその分値段は下がるものだろう」

「なるほどね」

窓の外を見ると高級そうな店、特に宝石店が目立った。本当に煌《きら》びやかな街である。

「あたしもお店を覗《のぞ》いてみたいわ」

つい本音を言ってしまった。けど、これって女の子なら誰でも思う事じゃない？

「大鉱山の件が片づいたら、好きなだけ覗かせてやる」

「本当？　でも今は持ち合わせがないから、冷やかしになっちゃうわね」

きれいなものを見るのは楽しい。選ぶのだって楽しいと思う。でも、結局買わないなら店員さんから冷たい視線を浴びせられるものだ。

「お前が大鉱山の怪物をどうにかできたら、小人どもはお前に好きなだけ金銀財宝をよこすだろう。あれらはケチだが恩義には厚い」

小人は阿呆だからなとエンデール様が言う。そういう言い方ってないんじゃないの？　でも、エンデール様にとってはこれが通常運転のような気がした。

あたしは窓から外を見ていて、見慣れない人たちがいるのに気づいた。小柄な女の人よりも頭一つ分くらい小さい人たち。そんな人たちが、普通の人間と同じくらいいる。

「ねえ、あの小柄な人たちが小人なの？」

「そうだ。まったく、無精者《ぶしょうもの》どもが。自分たちの住処《すみか》を追われて、ようやっと報告に来るんだからな」

「エンデール様、ひどい言い方をするのね」

「あいつらはいつもそうだ。肝心な時に人間を頼らない」

吐き捨てるようにエンデール様が言う。どうしてそんな風に言うのかしら。そんな拗《す》ねた調子で。

「頼ってほしいの？」

「盟約を結んでいる以上、俺たちは対等だ。困った時は遠慮せず頼るべきだろう」

エンデール様は本当に小人たちが大事なんだ。頼りにされたいと思っているんだ。

「エンデール様」

扉の外から声がした。サディさんの声で間違いない。

そういえば、いつの間にかサディさんの悲鳴が聞こえなくなっていた。

声を聞く限り、今はすっかり落ち着いているらしい。

「サディ、どうだ外は」

「エンプウサの方々も、同じ宿に泊まるようです。お変えになりますか？」

「構わん。……となると、エンプウサからの客人も上流階級の人間のようだな」

「確認いたしましょうか」

「しなくていい」

「ではいつも通り」

「ああ、予定通り」

エンデール様とサディさんは、お互いにしか通じないような会話をした。

サディさんは長年仕えているわけじゃないと言っていたけど、このツーカーっぷりはなんだろう。

しかもエンデール様って人間嫌いらしいのに。

まさかサディさんって人間じゃなくて小人なのかしら。でも小人っていうほど小さくないわよね、まさに中肉中背って感じだし。

「サディさん、叫ばなくなったわね」

「だから言っただろう。あれは意外とできるやつだ。本当は悲鳴など上げなくても大狼《だいろう》に乗れる。やる気さえあればな」

「普段は実力を隠しているの？」

とてもそういう人には見えなかった。普通の侍従さんに見えたんだけど、本当は何か特殊な能力が……？　あ、自分を鍵だって言ってたわね。手を触れただけで扉が開いたのは記憶に新しい。

「あれは器用だからな。必要な場所で必要な力だけを使う」

「器用というより無精《ぶしょう》では？」

「あれを的確にとらえた言葉だな」

そんな会話をしていたら、馬車が止まった。宿の前に着いたらしい。外から扉が開けられて、エンデール様が先に降りようとする。

「待って。あたしの方が身分が低いから……」

だから止めようとしたんだけど、片手で制された。

その理由をエンデール様が口にする。

「俺に何かあった時より、お前に何かあった時の方が厄介だ」

彼は軽々と馬車から降りる。あたしは杖を片手にゆっくりと降りた。エンデール様が手を貸そうとしてくれたけど、一国の皇太子様の手を借りるわけにはいかない。

「ありがとう、でも大丈夫」

そう言って笑った、その時。

「二の姫？」

聞き覚えのある声があたしを呼んだ。その声を聞いた途端、口の中が乾いたような感じになる。

声の方を見たあたしの視界に飛び込んできたのは、漆黒《しっこく》と紫の取り合わせ。涼しげな美貌《びぼう》に、流《は》行《や》りの型の服。

「ジャービス様？」

あたしは呆気にとられた。

なんで、エンプウサの若君がここにいるわけ？

幻でも見ている気分よ。

彼はあたしに近づき、恭《うやうや》しく挨拶《あいさつ》をした。

「お元気そうで何よりです。お手紙を一通もよこさないと、クリスティアーナ姫が心配していましたよ。体調でも崩したのではないかと」

「あ、ごめんなさい……」

そうだわ、あたしってばこの二か月くらい、故郷の事を忘れてた。そんな余裕なかったし……って完全な言い訳ね。

「私も心配でしたが、お元気そうですね」

よかったと言いたげに緩《ゆる》む紫水晶の瞳。この笑顔はあたしに向けられるべきじゃない。クリスティアーナ姫に向けられるべきだと思う。

心臓がうるさく騒ぐ。こういうのに耐性ないのよ。

ひぇえええ、と妙な声を出しそうになったけど、どうにか抑え込んだ。王女が奇声を発しちゃだめでしょ。

顔が熱い。ばくばくする心臓から察するに、あたし、彼の事を意識しまくってる。

「そういえば、留学中のあなたがなぜ、このような街に？」

「き、気晴らしの観光よ」

とっさに口から出まかせを言った。

鉱山の怪物を倒しに来たとか言ったら、この人卒倒しちゃう。そう判断した結果であり、決して騙《だま》したいわけじゃない。

ただ、真実は絶対に言えない。ジャービス様は意外とあたしを気にかけてくれているみたいだし、黙っているのが一番。でも罪悪感がある。

それをごまかすために、彼がここにいる理由を聞く事にした。

「ジャービス様はどうしてこちらに？」

「エンプウサの風習で、この時期になると商人に交じって大鉱山を見に行くのですよ」

「そう」

目的地が同じだなんてますます厄介ね。どうしよう。あそこには今、とんでもない怪物が潜《ひそ》んでいるっていうのに。

それを誰かから聞いて、鉱山行きを中止してくれないかしら。

「こちらとの交易はエンプウサにとって欠かせませんし、後学のためでもあります」

あたしの内心も知らず、ジャービス様は楽しそうに言った。エンプウサの人間は商売が好きだと聞くし、やっぱりジャービス様もお好きなのだろう。

「勉強熱心ですわね」

あたりさわりのないセリフを返す。下手な事を言ってぼろを出したくなかった。

そこで、あたしたちを見ていたエンデール様が言う。

「アリア。そいつは誰だ？」

エンデール様の姿を確認したジャービス様の目元が、ぴくりと引きつる。

そうよね。エンデール様の目って迫力があるから、そうなるのもわかるわ。

「アリア？」

ジャービス様は、信じられないと言わんばかりにその名前を繰り返した。そして一度あたしを見てから、再びエンデール様を見つめる。

エンデール様は事もなげに言った。

「彼女はアリアノーラだろう」

しかし……エンデール様って誰にでも偉そうにふるまうのね。自分より身分の高い相手がほとんどいない立場だと、そういう態度になるのかしら。

えーと、前のあたしはどうだったっけ。思い出そうとしたけど、思い出したくない黒歴史しかなかったからやめた。

「バスチアの二の姫をそのようにお呼びとは……あなたは一体誰です？」

ジャービス様が怪訝《けげん》そうに尋ねた。そんな風に呼ぶお前は一体どんな無礼者なのだ？　とでも言いたげな雰囲気だった。

「失礼。俺はエンデール・エンフ・バルド・ラジャラウトス。そちらは？」

「私はジャービス・セプティス・ルダ・エンプウサと申します。……あなたが皇太子殿下ですか……！」

ジャービス様は目を見開く。紫水晶の瞳いっぱいに驚きを湛《たた》えていた。

彼が驚くのも当然だ。一体誰が、こんなところで皇太子なんて身分の相手に出会うと思う？思わないわよ誰も。あたしだってジャービス様の立場なら驚く。

ジャービス様は、あたしとエンデール様を交互に見やった。

「一体どのようなご関係なのですか……？」

掠れた声で問いかけられる。あたしにもわからない。この人との関係に名前なんてつけられない。

「ああ、エンプウサの出身か。目の光り方がそうだな。という事は、お前も咒《まじない》使いだろう」

「ほんの少ししか使えませんよ」

「本当か？」

エンデール様はサディさんの方を振り返り、にやりと笑った。サディさんが困った顔をする。

「殿下、その件については私にお尋ねになられても困ります」

サディさんは、大狼《だいろう》に乗っていた時とは別人のように落ち着いていた。

「あなたの好戦的な性格のツケを支払わされている、私の身にもなってください」

「お前ならわかるだろう」

エンデール様は当然といった調子でそんな風に言い放った。サディさんって一体何者なのかしら。

「そんな無茶ぶりをなさらないでください……」

サディさんは土埃《つちぼこり》まみれでげっそりとしていた。

その顔を覗《のぞ》き込んでみる。とても平気そうには見えない。

「大丈夫？　さっきは大丈夫そうだったけれど。やっぱり大変だった？」

「ありがとうございます、バーティミウス姫様。お優しい言葉に涙が出てきそうです」

「大して走らせていないだろう」

エンデール様が馬鹿にした声で言った。ちょっと、自分の基準で物事を考えすぎよ。

でもサディさんは慣れているのか、首を横に振る。

「エンデール様ほど卓越した操縦技能は持ち合わせておりませんので」

「よく言う。お前が三日三晩大狼《だいろう》を走らせた事を忘れたとは言わせないぞ」

「あの時は死に物狂いだったんですよ」

「はっ」

内容とは裏腹に、この二人の会話って不思議と仲がいいように聞こえる。

あたしもイリアスさんと話す時は、こんな風だったのかしら。そうだとしたら、あたしはそれだけイリアスさんに心を許していたって事になる。実際、結構許してるんだけど。

「では、私は宿の手配をしてきますので、お二人も中に入ってお待ちください」

「ああ、行くぞアリア」

エンデール様があたしの手をつかむ。それを見たジャービス様が、鉛《なまり》でも呑み込んだみたいな顔になった。

「強く握らないで。痛いわ」

本当に痛い。見た目はそっとつかまれているのに、実際は指が食い込むほど握られていた。そんなに強くつかまなくたって逃げ出したりしないのに。

「それほど力は入れてない」

「あなたは馬鹿力なのよ」

「悪いな」

そう言いつつもエンデール様は、あたしの手を放そうとしない。あたしにはこんなに気軽に触るくせに、本当に女嫌いなのかしら。

やっぱり女として見られてないか、もしくは役に立つ相手だから特別扱いされてるとか、そんな感じだろう。

そのままエンデール様の後についていこうとしたのだけれど、視界の端にちらりと見えたもののせいで足が止まった。

「……え？」

大きな背中。ぼさぼさの黒髪。荒《すさ》み切った世界にいる事を雄弁に語る、ぼろぼろの衣装。

あの後ろ姿は見間違いようがない。

「うそ……」

「アリア？」

気づけばエンデール様の手を振り払っていた。反射的にその人の背中を追いかける。早くしないと人混みに紛《まぎ》れてしまいそう。

「待って、待って！」

あたしの声はもはや叫び声に近かった。

「アリア？」

「二の姫？」

エンデール様とジャービス様の怪訝《けげん》そうな声がした。

だけど、そんなの気にしていられない。目の前の背中だけに意識を集中させる。

転びそうになりながら、人一倍目立つ大きな背中を追いかけた。杖をついて、人をかき分けて。すごくすごく大変。でも追いつかなければ、正体を確かめられない。

「待って、待ってってば！」

そう言いながら歩くあたしを、いろんな人が怪訝《けげん》そうな顔で見ている。

「お願い、待ってよ、止まって！」

あたしは必死に声を張り上げた。

待って、待って、お願い。あたしの声を聞いて。聞こえているんでしょ？

けれど、その思いもむなしく姿が見えなくなる。どこかの裏通りに入ってしまったのだろうか。

いくら目を凝《こ》らしても見つからない。

あたしは歩くのをやめ、ただ呆然と立ち尽くした。

今のは彼じゃないのかしら。彼だったらあたしの声を聞けば止まってくれるはず。

でも止まらなかった。じゃあ違う人なの。もう、会えないの。

心の中で何かが噴き上がった。不平？　不満？　怒り？　わからない。

……あたしを守るって言ったじゃない。

そんな事を思った。馬鹿じゃないのって、自嘲の気持ちも湧き上がってくる。

……あたしに忠誠を誓うって言ったじゃない。

嘘つき、嘘つき。あたしが「味方だ」って心の底から思えたのは、あなただけなのに。

悔しい。こんなひどい事しか思えない自分自身が悔しくてしょうがなかった。

こぼれかけた涙を、上を向いてこらえた。

あたしはなんて無力なんだろう。泣くしかできないなんて弱すぎだ。自分がこんなに弱いとは思ってもみなかったわ。

あたしが無力なできそこないの王女だから、ゲームの悪役だから、こんな事になるんだろうか。

クリスティアーナ姫くらいきれいでなんでもできれば、この状況を打開できるの？

あの背中に追いつく手段が欲しかった。それはきっと強さと呼ばれるもの。

あたしは強くなりたくなった。現状を打ち破るための力が欲しい。

あの人を捕まえられるなら、悪魔に魂を売ってもよかった。

「アリア、どうした？　こんな路地に入って」

後ろから声がかかる。エンデール様だ。

「……」

「アリア？　なぜ泣く？」

そこで気がついた。やっぱり泣いてしまっていたんだと。

エンデール様の声が普段よりずっと優しい。

あなた、少しは気を遣えるんじゃない。普段もそうしてたらいいのに。

そんな事を思いつつも、他に縋《すが》れる人がいないから、あたしは彼に縋りついた。

「……あの人がいたの」

「あの人？　誰だそれは」

「いたの、いたの。だけどもういないの」

あたしの言葉はわけがわからないと思う。でも、エンデール様ははっきりと言った。

「そんなやつの事は忘れろ」

「できない」

「お前は本当に馬鹿なやつだ。信じ切れもしない相手を信じるとは」

エンデール様が、あたしを抱き締める。力強さを感じさせる腕が、あたしを包み込んでいる。

あたしはあふれた涙を、彼の肩に押しつけた。

肩の震えが抑えきれない。咽喉《のど》から嗚咽《おえつ》がこぼれてしょうがなかった。

一人きりの味方が、もうどこにもいない。その事がこんなにも辛いなんて知りたくもなかったわ。

こんな思いを知るくらいなら、最初から出会わなきゃよかった。

イリアスさん、馬鹿野郎。あなたは本当に馬鹿野郎よ。

「馬鹿だ」

エンデール様が言った。あたしはその肩に顔を押しつけていたから、彼がどんな顔をして、誰の事を言ったのかはわからなかった。


赤い世界。荒《すさ》んだ世界。あたり一面血の色、赤黒い。

そんな中に、その人は立っていた。

深くフードを被り、手足を長いローブで隠している。

「ああ、ようやく来たか」

性別不明のぼうぼうとした声は、あたりに反響してたわんだように響く。ここが現実世界とは程遠い世界だと感じさせられた。

「タソガレね。七ツの瞳はもうこの世には存在しないのに、どうやって最初に触れろと言うの？」

「ああ、王魚が答えたのか」

その声は、ひどく遠くからかけられたように聞こえる。

「しかし、七ツの瞳はまだこの世にある」

「どういう意味？」

あたしはすかさず聞き返した。

どうせ夢だ。聞きたい事を聞こう。

「七ツの瞳はなんだと聞いた？　そこに答えがあるだろう」

「は？」

「七ツの瞳には、あなたが最初に触れろ」

あの時と同じ言葉を、タソガレが言う。

「ねえ、それは一体全体どういう意味なの。答えてよ」

「最初に触れろ」

「馬鹿の一つ覚えみたいに繰り返さないでよ。教えて、なんのために？」

タソガレは最初に触れろとしか言わない。それは一体なんのためかなんて教えてくれない。ふざけているわ。

「……」

足が痛くなる。これもあの時と同じ。あの夢と同じ。

「共鳴がひどくなった。直《じき》にその時が訪れる」

タソガレがまた意味のわからない事を言う。

共鳴って何と何が共鳴してるの。その時っていつ訪れるの。

足が痛い。すごく痛い。夢の中では痛みを感じないって聞いてたけど嘘だ。叫んでしまいそうなほど痛い。

「あんたねえ……」

だんだん苛々《いらいら》してきた。

「わけわかんない事ばっかり言ってないで、ちゃんと一から説明できないわけ!? 振り回されるあたしの身にもなってみなさいよ！」

感情のままに怒鳴りつける。

そうだ、あたしってこんな性格だった。

昔っから怒りっぽくて短気。今まで怒鳴らなかったのが不思議なくらいだわ。

あたしが久しぶりに怒鳴ると、タソガレがたじろぐように身を揺らした。

その拍子に、フードの中がちらりと見える。

左側の瞳は七色。それは鮮やかに輝いていた。

それを目にした途端、何もわからなくなる。

意識が遠くなっていく間も、それは見え続けた。でもそれは、おとぎ話に出てくるような素晴らしい宝物とかには思えない。

とてもひどい呪いのように、タソガレを縛っている気がした。


「エンデールの坊ちゃんが女の子を連れてくるなんて、こりゃ天変地異もいいところだな」

皺深《しわぶか》くて髭《ひげ》の長いその小人は、くつくつと笑った。

鉱山を追われた小人たちが暮らしている避難所は、すでにちょっとした町のようになっていた。

木造の家がいくつも立ち並んでいる。

ものを作るのが上手とは聞いてたけど、こんなに短時間で作れるなんてすごい。

そう思えるくらい木造の家々は住みやすそうなのである。

ただ、ちょっと天井が低かった。エンデール様は二回くらい天井に頭をぶつけ、あきらめて膝をついたほど。

あたしは目の前の小人のおじい様を見る。このおじい様が七人いる長《おさ》のうちの一人らしい。

長と呼ばれる人が何人もいるなんて、なんだか不思議。でも、きっと担当する作業ごとにお頭《かしら》がいるのだろう。

「そんな話をしている暇はないだろう。大鉱山の方はどうなっている?」

エンデール様の問いに、小人のおじい様は姿勢を正して答えた。

「二か月前と変わりゃしませんな。闇が深すぎる。カンテラ程度では照らせないときた。大鉱山は閉鎖されたも同然ですよ。凝《こご》った闇に食われた者も多い。小人の咒《まじない》では太刀打ちできやしません。エンデールの坊ちゃんは、何か対策を見つけられましたかい？」

「七ツの瞳なら照らせると占いに出たが、それはすでに失われたと王魚に言われた」

「王魚に？　式典も祭典もないのに、王魚との会話が成立したと？」

エンデール様の言葉に、小人のおじい様は目を見張った。とても信じられないらしい。

王魚ってそんなにしゃべらないのかしら。でも、あたしとは普通にしゃべったわ。……そういえば、話すのは久しぶりだとか言っていたような気もするけど。

「これが成立させたのだ」

これ、と言いながらあたしを指さすエンデール様。人を指さしちゃいけないって習わなかったのかしら。あたしがその手を払いのけると、エンデール様が少しだけ目を細めた。

「おやおや……ラジャラウトスの神官でも難しい事を、たやすく行ったようですな。そして、それは真実と見える」

「わかるの？」

「王魚の光が、まだあなたを包んでいる」

「王魚の光？　そんなもの、こいつの周りには見えないが」

あたしは自分の手を眺めた。どこをどう見ても光っているようには見えない。でも小人のおじい様にはそれが見えているらしく、彼は頷きつつ言葉を続ける。

「鉱物を取り扱う、わしら小人にはわかる光でしてね。それにしても、坊ちゃんはあいかわらず口が悪い。気を悪くなさらないでください。昔っから、この坊ちゃんはこうでしたから」

「そうなの？」

つまりエンデール様って生意気で偉そうな子供だったのね。可愛げのない子供だわ。小人さんたちが育て方を間違えたのかしら。

「俺の昔話はどうでもいい。アリアは王魚から、自分で見て確かめろと言われたそうだ」

小人のおじい様は目をむいた。

「余所《よそ》の方に、王魚がそう言ったのですか」

「言ったらしい」

「……驚いた。では、アリア姫には何かがあるのですな」

「俺に聞かれてもわからない。無論こいつに聞いてもな」

「殿下、口の悪さに拍車がかかっていますよ、落ち着いてください」

サディさんがあきらめまじりの声で言った。

「俺は落ち着いている」

「全然そうは見えません」

「ふん。俺の口の悪さはさておき、俺たちはこれから大鉱山に行く」

「行くのですかい。危ないですよ」

止める小人のおじい様。それを見越していたかのように、エンデール様は平然と返した。

「危険は承知だが、何もしないよりはましだ。それに、行けば王魚の言葉の真意もわかるだろう」

「その方を連れていくのですか」

「ああ」

小人のおじい様は深く息を吐き出した。それは大事な人の意思が固くて変えられない事を知った人が、あきらめた時の溜息だった。

「では、あれを持っていってください」

「あれ？」

何を持っていくのかと、あたしは首をかしげる。意味がわからないのはエンデール様も同じだったらしく、二人で顔を見合わせた。

小人のおじい様は、後ろの棚に飾られていた長細いものを取り上げる。よほど大事なものなのか、絹の布に丁寧にくるまれていた。

「雷光の杖で。凝《こご》った闇を一瞬だけ照らせるんですよ。これを使って皆を避難させました。そうだ、エンデールの坊ちゃん、昼星《ひるぼし》はお持ちで？」

「ああ」

「ちょっと失礼」

エンデール様が首から下げていた、どこにでもありそうな石を小人のおじい様は見つめる。

「ああ、これほどの光なら一時間は照らせる」

「は？」

わけがわからないと言わんばかりのエンデール様に、おじい様が説明する。

「昼星は、それを持つ者の心の光によって暗闇を照らします。エンデールの坊ちゃんなら、昼星も一時間は光りましょうな。その間だけは、凝った闇も大人しくなるやもしれません」

「では、その間にどうにかすればいいんだな」

「できるならば」

小人のおじい様は、あたしに雷光の杖を渡してくる。

そしてあたしの顔をじっと見つめてから、優しく笑いかけてきた。

「これを返すために、必ずわしらのもとに戻ってきてくださいな。命あっての物種《ものだね》です」

「ありがとう」

そこで扉が叩かれて、小人の女の人が顔を覗《のぞ》かせた。

「シャクラン殿、エンプウサの若君たちがお越しです」

「エンプウサの？　これは悪い時期に来やがりましたな。……さて。エンデールの坊ちゃん、決して命を捨てたりはなさいませんように。あんたはわしらの大事な皇子様だ」

「ああ」

そのたった一言に、エンデール様の思いが込められている気がした。

必ず戻ってくるという、誓いみたいな思いが。

小人のおじい様の部屋から出る時、ジャービス様たちと入れ違いになった。その時、さりげなく聞かれる。

「二の姫、これからどちらに？」

ジャービス様は何気なく聞いたんだろうけど、あたしはどきりとした。だって、これからやる事がやる事だから。

けれど、なんとか顔に笑みを作って明るく答える。

「夏の首都、ソフィアヤに戻るのです」

あたしの手には雷光の杖がある。でも絹にくるまれた杖はよく見たって何かわからないから、大丈夫だろう。

「アリア、急げ」

急《せ》かすエンデール様。あたしは一度そっちを見てからジャービス様に微笑んだ。

「ソフィアヤでは、古文書の解読をしますの。楽しみですわ」

「そうですか。クリスティアーナ姫にお手紙を書いてあげてくださいね」

あたしの言葉を聞いて、ジャービス様が頷く。

「ええ、書きますわ」

この一件が終わればね。終わった後、命があるかどうかもわからないけど。

でも生き残るつもりよ。あたしは生き残るつもりでいる。もちろんエンデール様も。サディさんだって死なせはしないわ。

エンデール様の方へ向かう足取りは、普段と変わらないように見えるかしら。足はみっともなく震えていないかしら。ちょっと心配になった。

自然と浮かび上がってくる、恐怖心ってものは馬鹿にならない。でも、どうにかすると決めたのだ。絶対に負けないと。

あたしは手を強く握り締めた。


大狼《だいろう》の引く馬車に乗ると、エンデール様が先に乗っていた。

「お前はあいつも巻き込むのかと思った」

「巻き込まないわ。あの人はエンプウサの人。この件には関係ないもの」

「お前もバスチアの女だろう」

エンデール様の言っている事はもっともなんだけど、あたしをさらってきたくせにそういう事言っちゃうの？　自分のした事を忘れてるのかしら。

そういったものを全部、お腹の中に押し込めて言い切る。

「あたしは最後まで付き合うわ。もう逃げられないしね」

座席に深く腰かけて腕を組んだエンデール様は、あたしを見て言う。

「お前は馬鹿だな」

「その馬鹿を頼りにしているくせに、何言っちゃってるのかしら」

「そうだな」

エンデール様が否定しなかったから、ちょっと調子が狂ったわ。それ以上何も言えなくなって、あたしは黙る。

そこで馬車の扉が開き、サディさんが顔を覗《のぞ》かせた。今日は馬に乗っている。

「エンデール様、私は先に向かいます」

どこに向かうのかといえば、もちろん大鉱山だろう。

「ああ。エンプウサの集団に気取られるな」

「そのような事にはならないでしょう」

扉が閉まる。あたしは心配になって聞いた。

「大丈夫なの？」

「あれは隠れ方がうまいからな」

そう言いつつエンデール様は指先で昼星《ひるぼし》をいじっている。

あたしにはどう見ても、何か特別な力があるとは思えないただの黒い石。

「それに不思議な力があるのね」

「そうだな」

昼星を眺めるエンデール様は、呟《つぶや》くように言う。

「俺もただの石くれだと思っていたがな。心の光か。あの爺《じじい》もたとえが下手だ。俺に光だと？」

「あの人たちには、あたしたちに見えないものが見えているのよ」

「だろうな。お前から王魚の光を見て取るほどだ」

あたしは絹布の包みから雷光の杖を取り出した。

その意匠《いしょう》は雷雲《らいうん》と雷。石突には雷鳴石《らいめいせき》と呼ばれる、中に稲妻のような亀裂が走った石がついていた。手が震えそうなほど強い魔力みたいなものを感じる。

あたしにも感じられるんだから、きっと尋常じゃない力よ。これほどの力でも一瞬しか照らせないなんて、それだけ怪物の恐ろしさが普通じゃないって事なんだろう。

そんな怪物を相手に何をやれるのか、思わず考えた。何ができるのかしら。

……まあ、最後には盾になれる。エンデール様の盾に。

それでもいいとちょっとだけ思った。

そのまま馬車で小一時間。御者《ぎょしゃ》の人が声をかけてくる。

「殿下、賢者姫、大鉱山に着きました。サディ殿はすでに到着している模様です」

いろいろ考えている間に、大鉱山に着いてしまった。

クルセイダイスから馬車で一時間というのは、この世界ではかなり近い事になる。これだけの近さなら、交易も楽よね。

止まった馬車から降りて、やっとその大きな山を目《ま》の当たりにした。ちょっとこの山、普通の大きさじゃない。

まるで富士山みたいに大きい。大鉱山という呼び名が本当にふさわしい。

「あそこから中に入れる」

エンデール様が指さしたのは大きな扉だった。山に張りついているかのような、両開きの扉。なんて言えばいいのか、とにかく大きい。

「以前は常に開いていたんだがな。怪物が外に出ないようにと、閉められた」

石でできた大きな扉には繊細な模様が彫り込まれていた。

すごい細工。バスチアのお城の細工もすごいと思ったけれど、ここの緻密《ちみつ》さはその比じゃない。

「小人って細かい作業が好きなの？」

つい聞いたら、「何当たり前の事を言うんだ？」という顔をされた。

ちょっと膨《ふく》れてみる。無知で悪かったわね。

「小人は手先が器用だ。それに物作りが好きなやつが多いな。もともとの気質と、住んでいる環境が合っていたんだろう」

エンデール様が扉の方へ歩いていく。迷いのない足取りで進む彼にあたしも続いた。

「いいか、お前は危ないと思ったらすぐに逃げろ」

「うん」

「俺が逃げろと言ったら逃げろ」

「ええ」

「ちょっとでも危険だと判断したら、すぐに言え」

「わかったわ」

歩きながら次々と忠告される。あたしを戦力としては期待していない、って言わんばかりだったけど、そこにエンデール様の優しさを見た気がした。

戦えないなら無理をしないように、という言葉に聞こえる。

それをあたしは心に留めておく事にした。

危なくなったら逃げればいい。……それはあたしのプライドに反するんだけど、エンデール様に面と向かっては言わない。

「お前は俺が守ってやる」

はっきりと言われた。嫌われ者の悪役に向けられるにはあまりにも優しい、心のこもった声で。

いけない、泣きそうになったわ。つばを呑み込んで涙をこらえる。

「心強いわ。あなたにそう言われると」

本気で言った言葉を聞いて、エンデール様がちょっと笑った。

不覚にもどきりとしてしまう。

彼が見せたのは、今まで見てきた、偉そうで傲慢《ごうまん》そうで、馬鹿にしたような笑顔じゃなかった。もっと深い笑顔だった。

多分、小人の子供たちにはこういう笑顔を見せるんだろうな、ってなんとなく思った。

心臓のあたりが、うるさい。これから命がけの事をするってのに、何やってるのよ。空気読みなさいよ。

いつの間に来たのか、エンデール様の前にいたサディさんが言う。

「野営の準備も整いました。いつでも行けます」

彼が手で示した山の入り口付近には、複数の男の人たちがいた。野営の準備と言ってたけど、確かに天幕や雑多なものが設置されていた。

「山に入るのは何人にしますか」

「俺とこいつと、お前だけだ」

エンデール様があたしとサディさんに向かって顎《あご》をしゃくる。そういう事をするともう、さっきの笑顔の持ち主とは思えなかった。

自分に絶対の自信がある人。自分を倒せる敵など一人もいなそうな人がそこにいる。

これが多分、皇太子としてのエンデール様の顔なんだ。さっきの顔も結構好きだったんだけどな。あっちは滅多に見られないだろう。もったいない。

「あたしとあなたとサディさんだけでいいの？」

あたしは思わず聞いた。たった三人で大鉱山に入るなんてどうなんだろうと思ったから。

「昼星《ひるぼし》が、どれくらいの範囲を照らせるかわからないからな。人数を多くすれば、あぶれたやつが闇に呑まれるぞ。サディ、お前はあの時、どれくらいであれに遭った？」

エンデール様の判断は現実的だった。多分、命の危機に陥《おちい》った事のある人にしかできない判断だと思う。

「この扉から中に入って、階段を下に四つ下りたところでしたかね」

サディさんが片目に手を当てて、思い出しながら答えた。

この人は、怪物に出会って目を失ったのよね。だから目に手を当てると思い出すのかしら。そもそも目は痛くないのだろうか。古傷って低気圧の時に痛むとか、前世で聞いた事がある。

「目はもう痛まないの？」

「ええ。たまにしか痛みませんよ」

「怖くはない？」

「はい。エンデール様がいらっしゃいますから」

ふっと微笑んでサディさんが言う。

どうしてそんなに信じ切れるんだろう。

ちょっと考えて、あたしはすぐに合点《がてん》した。

……ああ、同じだ、って気づいたから。あたしがイリアスさんに抱いていた絶対の信頼と同じものを、サディさんはエンデール様に抱いているという事なのだろう。

「四つか。思った以上に上まで来ているな」

エンデール様が呟《つぶや》く。

「殿下、まさか扉を開けた瞬間に、やつが飛び出してくるなんて事はないですよね」

サディさんが恐る恐る言った。実際にそんな事態が起きたら大変だ。

エンデール様は首を横に振る。

「血腥《ちなまぐさ》い気配はしない」

「そうですか」

サディさんはあっさり納得した。

多分、エンデール様は気配というものを感じ取るのがうまいんだろう。

あたしも彼の勘を信じる事にした。

握っている雷光の杖が、やけに冷たい。それはこれから起きる事がどれだけ危険かを暗示しているみたいだった。

だけど行くしかないって決めたんだから、大きく息を吸い込んだ。

「行くぞ」

エンデール様が扉に手をかける。一気に開けられた扉の中から、真っ暗な大鉱山の中に入った。


大鉱山の中には大きな穴が開いていて、壁に張りつくように通路や部屋が作られていた。

「うかつに足を踏み外すな。かなり手すりが壊されているようだ」

昼星《ひるぼし》を目の前に掲《かか》げたエンデール様が言う。

昼星は、思った以上にあたりを明るく照らしていた。

これがエンデール様の心の光だというなら、この人はものすごい光を持っている。だって半径五メートルもの範囲を照らしているんだから。それも、歩くのに苦労しないだけの光量だ。

注意されて少しだけ足を動かしてみる。からり、と何かが落ちる音がした。

「この調子だと、移動用のトロッコもやられているな」

エンデール様が呟《つぶや》いた。何を見てそう判断しているんだろう。

この人は大鉱山で育ったというから、造りを覚えているのだろうか。

「バルバロッサ殿の後に、入った者がいるとは聞いてません。つまり、その時にかなり壊されたのでしょうね」

「一人呑み込むだけで、これだけ破壊していくのか」

そんな二人のやり取りを聞きながら、雷光の杖を片手に一歩一歩進んでいく。

「ちっ。陽光石《ようこうせき》の装置も軒並みやられたらしいな」

エンデール様が立ち止まって何かをしたと思ったら、舌打ちまじりにそう言った。

「陽光石？」

「こういう鉱山で見つかる事の多い、光る石です。半年に一回外に出して日の光に当てると、半永久的に光り続けるという変わった石ですよ」

「便利ね」

「ですが、鉱山でしか光れない石でもあります。城などに取りつけても、三日で使いものにならなくなりますよ」

「へえ……空気の関係かしら」

「そこら辺はわからん」

「その陽光石を使った、灯りの装置が壊されているの？」

エンデール様の手元を覗《のぞ》き込めば、そこにはレバーだのボタンだののついた機械があった。なんだかスチームパンクっぽい機械だわ。

「いくつか試したがな。ここを押せば地下二階まで灯りがつくはずだったが、一つも点灯しない。陽光石自体を砕かれたか。いまいましい」

そう言いつつ、エンデール様はさらに奥へと歩き出した。

「ここから下に降りるぞ。昇降機は……使えそうだな」

鉱物を運ぶための大きな昇降機に入るエンデール様。あたしたちもそれに続くと、昇降機はがらがらと音を立てて降りていく。

「灯りがないとなれば、今日は様子見程度しかできんだろう。だが、お前に何ができるのかがわかるかもしれん」

「そうね」

いくら降りても凝《こご》った闇は来ない。

だから油断していた、その時だった。

「二の姫様!!　どちらにいらっしゃいますか!?　お答えくださいさい、二の姫様!!」

必死な声があたりに響く。あれはジャービス様の声だわ。

続いて、大鉱山内の階段を乱暴に下りてくるたくさんの足音がした。

「あれはエンプウサのやつらだな。シャクランのやつ、ここに来るのを止めなかったのか。サディ、薬でもなんでも使って黙らせろ」

「すみません、麻酔薬は持ち合わせていないんです」

「手持ちの薬は切らすなといつも言ってるだろう、この馬鹿!!」

なんだろう、この切羽詰《せっぱつ》まってるのにコミカルな感じは。前もこんな事を思った気がするけど、この二人はどんな時でも余裕がある。

こんな場所でも余裕を保っていられるのは、すごい。それだけ肝が太いって事よね。

「二の姫!!　バーティミウス姫!!」

あたしはその声の主に声をかけようとした。

ここにいるって、ジャービス様に知らせたかったのだ。

でも――

「答えるな」

エンデール様が口に手を押しつけてきたので、あたしは言葉を発する事ができなくなった。

なんで？

「騒げばあれが目を覚ます」

エンデール様の呟《つぶや》くような説明。

あれって何？　その疑問とほとんど同時にサディさんが言う。

「あれは音に反応します」

あれっていうのはもしかして、凝った闇の事かしら。

……ちょっと待ってよ。それって凝った闇が目覚めたら、ジャービス様たちを狙うって事じゃない。

そんなのだめだ。あたしを心配して来てくれた人を危険な目には遭わせられない。

「んーーっ」

あたしは思い切り暴れた。そのせいで昇降機がふらふら揺れる。

口をふさぐ手に噛みつこうとしたら、エンデール様があたしを押さえ込みにかかった。

「暴れるな！」

肺を圧迫されて目に涙がにじむ。エンデール様、容赦なさすぎだわ。

見かねたサディさんが、止めに入ってくれる。

「バーティミウス姫、落ち着いてください！　エンプウサの方々には、私が説明しに行きます！」

「さっさと行け！」

そう言いながらもまだ押さえ込んでくるエンデール様。サディさんは慌てて昇降機から降りて、階段をのぼっていく。足音から、あの人がためらいもなく走っているのがわかった。

どうしてそんなに走れるほど動けるのだろう。この濃い暗闇の中を。サディさんは夜目が利くのかしら。

「サディがやつらを追い出しに行った。俺たちはここで少し待つぞ」

あたしは頷いた。サディさんはエンデール様と違って偉そうな口調とかにはならないし、ジャービス様たちを、穏便《おんびん》に説得してくれるだろうって事は予想できる。

安心したあたしはあたりを見回して……引きつった。


何か、いる。


「何かいる」

「は？」

「静かにして」

慎重に、もう一度あたりを見回した。でも、そんな事をしなくても視線を感じる。じっくりと熱心に侵入者を見ている何かの視線を。

獲物を見定める捕食者のような、そんな視線。それだけでやばいって事がわかる。

きい……と何かがきしむ。

頭上を見上げたら、昇降機の鎖が不安定に揺れていた。

もしかしてこれ、落っこちちゃうんじゃ……暢気《のんき》にしてる場合じゃないわ！

「降りて」

「何？」

「これから降りて！」

あたしはエンデール様を必死の思いで蹴り飛ばした。想定外の事に対応できなかった彼は、昇降機から押し出され、あたしも急いでその後に続いた。

間一髪《かんいっぱつ》、昇降機の鎖がぶつりと切れて一直線に落ちていく。

落ちた昇降機が、普通じゃないくらいうるさい音を立てた。

その音は大鉱山によく響いた。耳をふさいでも聞こえるほど大きな音だったわ。

「……鎖が弱っていたのか」

エンデール様がぽつりと呟《つぶや》いた。

「姫君!!　ご無事ですか!?」

上から声が響いてくる。あたしを心配しているジャービス様の声だ。

それが聞こえてきたと思ったら、何かがあたしたちから視線を外したのがわかった。

まるで獣《けもの》が標的を見定めたような感じで、あたしの全身から血の気が引く。

やばい。

「ジャービス様!!　逃げなさい!!　上にあがって!!」

急いで声を張り上げた。嫌な予感がする。とっても嫌な予感が。そしてこういう嫌な予感ほど、よく当たるって決まっている。

橙色《だいだい》の揺らめく光を持った人たちが、階段を下りてくるのがわかった。炎の灯りね。そういえば、なんであたしたちは炎の灯りを持ってきていないんだっけ。

「あいつら、火を持っているのか!?」

上を見上げたエンデール様が、初めて引きつった声を上げた。

「火を消せ！　サディ！　消すんだ！」

ただならない様子だったから、あたしは彼に尋ねる。

「どういう事？　火を持っていると危ないの？」

「火はあれを狂暴化させる。火の灯りをここに持ち込んだやつらは、遺体も残らなかった」

そんな……それじゃあ、ジャービス様たちが危ないじゃない！

「火を消して!!」

あたしも叫んだ。でもエンプウサの人たちは灯りを持ったまま下りてくる。

「お待ちください、止まってください！」

サディさんの声が聞こえてくる。彼も焦っているようだ。

「姫！」

ジャービス様が近づいてくる。盛大に足音を立てて、炎の灯りを揺らめかせて。

あたしのところまであと少しって時に、〝それ〟が炎を認識した。

それは鉱山の中に広げていた自分の体を、一か所に集め出す。集まった闇はより深くなり、闇の去ったところは若干明るくなる。

大鉱山の中全体を、〝それ〟が満たしていたと言わんばかりに。

「サディ！　お前は上がれ！　俺も上がる！」

エンデール様があたしを担いで、階段を駆け上がろうとする。

昼星《ひるぼし》が光を放った。鮮烈でまばゆい輝き。でも昼星の光は、〝それ〟の神経を逆撫でしたりはしないみたい。

その明るさに気圧《けお》されるように、闇が引き下がる。エンデール様はその隙に上にあがろうとした。

でも。

音のない咆哮《ほうこう》みたいなものが、大鉱山を揺らす。ものすごい振動があたりを支配した。

エンデール様が立ち止まったので、あたしはとっさに彼から降りる。

そして、見た。

ジャービス様たちの持っている炎に視線を向けた、真っ黒い一つの目玉を。

「火を捨てて！　ジャービス様！」

ありったけの声を上げた。それでも咆哮《ほうこう》のせいか振動のせいか、彼には聞こえていない。

ジャービス様があたしに近づく。彼の顔が見えるくらい近づく。

その時だった。〝それ〟が、ジャービス様たちに飛びかかったのは。

闇が大口を開けて、人々を呑み込もうとする。

「だめ!!　やめて!!」

あたしは絶叫した。

〝それ〟が動きを止めてこっちを向く。

体が凍《こお》りそうになる。圧倒的恐怖。何もできないという無力感を誘う一つ目。

あたしは必死で頭を振った。

負けない、負けない！

何もできないなんて嫌。

気づけば走っていた。左足を強引に動かして走る。

「アリア！　止まれ!!」

エンデール様がこの無謀《むぼう》な行動を止めようとする。

振動する大鉱山で走るのはとても危ないけれど、あたしはあきらめない。

この雷光の杖なら。強力な光を発するという魔法の杖なら。

一瞬だけでも、あれを退《しりぞ》ける事ができるかもしれない。

あとちょっとで、ジャービス様に手が届く。

「ジャービス様、これを！」

あたしは走りながら雷光の杖を投げた。杖はジャービス様の横の岩壁に突き刺さる。

突き刺さったと思ったら、つんざくような音とともに、すさまじい光があたりを照らす。

まさに雷光。稲光《いなびかり》。人間にとっても目に痛いほどの光。闇にとっては、苦痛でしかないとわかる強さ。

〝それ〟が身をよじり、声のない悲鳴が聞こえた気がした。

「その光を使って上にあがっ……」

それ以上は言えなかった。身をよじった〝それ〟が、あたしにぶつかったから。

気づけば、あたしは瓦礫《がれき》と一緒に空中に投げ出されていた。

「アリア‼」

追いついたエンデール様が、あたしの腕をつかもうとする。

でもだめだった。あと少し届かない。体が下に落ちていく。

落ちて落ちて、どこまで落ちるのか不安になってくるくらい落ちて。

大鉱山の中にある、回廊に激突した。

あたしが落ちた場所は、回廊の真ん中にある十字路のような場所。

痛いなんてもんじゃない。声が出ないくらい痛い。

口の中が切れたのか、血の味がした。

あたしは必死に起き上がる。上を向いてみたら、何かが爆《は》ぜるような音がして、二つのまばゆい光が見えた。

昼星《ひるぼし》と雷光の杖。それを持った二人があたしの方へ下りてくる。

何してるの？　さっさと逃げないと死んじゃうのに！

「逃げて!!」

これしか言えない。雷光の杖だって昼星だって、何度も使えるわけじゃないだろう。

昼星に至っては時間制限があるのに、どうして下りてくるの。どうして逃げないの。

「逃げてよ！　あたしなんて放っておいて！」

あたしを放って逃げたって、誰もあなたたちを責めたりしないわよ。

それなのになんで逃げないの。どうして逃げようとしないの。

あたしは自分が死ぬよりも、あたしを信じてくれた人たちが死ぬ方が嫌だ。

そりゃあたしだって死にたくはないけど――

「アリアを置いて逃げられるか!!」

エンデール様の怒鳴り声が響いた。

「姫だけはお助けします!!」

ジャービス様のきっぱりとした声も聞こえてくる。

その二つの声のせいで、あたしは泣きそうになった。

あたしが嫌われ者の王女でも、こう言ってくれる人がいる。

こんなあたしでも、思ってくれる人たちがいる。

そんな事考えてる場合じゃないのに、嬉しい。

けれど、凝《こご》った闇が二人を見逃すわけがなかった。

あちこちを破壊していく音がする。闇はあちこちに体を叩きつけて、厄介な二つの光をどうにかしようとしていた。

その時、あたしたちにとって致命的な事が起こった。

唐突に、呆気なく――――昼星の光が消える。

時間切れだった。あの小人のおじい様が言った通りだ。

昼星の光はエンデール様の心の光だけど、一時間くらいしかもたない。

「ジャービス様、エンデール様を助けて！」

凝った闇が勝利の咆哮《ほうこう》を上げる。

そして、エンデール様がいるらしき場所に向かっていった。

雷光の杖がつんざくような光を放つ。昼星の明かりが消えた場所で光ってるって事は、ジャービス様がエンデール様と合流したんだ。

ちょっと安心した。二人ならどうにかできるかもしれない。

でも――

闇が体をそちらに叩きつけた。遠心力だかなんだかを使った、勢いのついた攻撃。

何かが音を立てて折れる音がした。

数秒後、すぐ横にそれが落ちてくる。

その意匠《いしょう》は雷雲《らいうん》に稲光《いなびかり》。どんなに薄暗くても見間違いようのない姿。

半分に折れて魔力を失った雷光の杖が、無残な姿で転がっていた。

「————っ‼」

〝それ〟が、勝ち誇った声を上げる。そして、あの人たちを呑み込もうと大口を広げた。

黒い目が邪悪な喜びに染まる。

「だめ、だめ、だめぇ——っ‼」

あたしは立ち上がろうとして、左足が動かない事に気づいた。瓦礫《がれき》に挟まって抜けない。

どうしてこんな時に！

絶望が胸を染めそうになった。もうだめだって、あきらめそうになった。

皆死んじゃう。あたしを助けてくれようとした人たちが。

そんなの嫌。どうしよう、どうしよう、どうしたら、何をすれば——


「助けて」

気がつけば言っていた。

「助けて」

この一回くらい、裏切らないで。

「助けて」

信じさせて。

「助けて」

他に何も望まないわ。

「助けて」

最後まで、あたしの信じた人でいて。

「イリアス」

あたしの世界の救世主。

「しょうがないお人だ、あんたは」

声が、した。


あたしははっとする。耳を澄まして、声のした方を確認した。

「イリアス？」

その声は震えていた。信じられない。この声が届いたというの。

そんな事ってあるのかしら。そう、現実を疑いたくなる。

だって、だってそうじゃない。

イリアスさんが、どうやってここに来るのだろう。

来られるわけない。大体あたしがここにいる事なんて、彼は知らないはずなんだから。

「決まってんでしょう？」

その声は笑いを含んでいた。

余裕があるの？　こんな状況で？

でも、イリアスさんならありえる気がした。

彼は泰然自若《たいぜんじじゃく》とでも言えばいいのか、とても落ち着いた人だから。あの人が切羽《せっぱ》詰まって声を荒らげる姿は見た事がない。

だってあんな高い塔の上まで、手を血だらけにしても平然と登ってくる人なんだもの。大抵の事は大した事ないって思っていそうだ。

「用件は？」

すぐ後ろで声がした。振り返ろうとしたら、「おっと」と言われる。

「振り返っちゃあいけませんよ」

最初に会った時みたいな、この程度で動じたりしないとでも言いたげな声。

懐かしい。あたしを怪物たちから救ってくれたあの時と同じ声。

「今振り返られちゃあ困るんで。あなたに会えなくなっちまう」

イリアスさんはおどけるみたいに言う。

会えなくなるなんて、そんな事言わないでよ。

「どうして振り返っちゃだめなの？」

「さてね」

「言葉遊びをしている余裕はないの」

「どうもそうらしいですね」

あたしは振り返りたい衝動を抑え込む。

会いたくて仕方のなかった人だから、振り返ってその姿が見たかった。会ってその腕に触って、現実かどうかを確かめたくなる。

でも、しない。いいや、できない。

振り返って、もう二度と会えなくなったら、そっちの方が嫌だ。

ギリシア神話のエウリュディケーは、夫のオルフェウスが振り返ったせいで、あの世から脱出できなくなった。竪琴《たてごと》使いのオルフェウスは、たった一回の過《あやま》ちが原因で、妻を取り戻せなかったのだ。

それを知っているから、あたしは振り返れない。

今にも動いてしまいそうな、言う事を聞かない体を、どうにか抑え込む。

「俺に何を求めますか」

重低音みたいな声が問いかけてくる。そこであたしは我に返った。こんな風に葛藤《かっとう》してる場合じゃない。

「助けて。でもあたしの事じゃないの」

すぐに言った。あたしはまだ大丈夫。そう思えた。

「あなたじゃなくて、誰を助けろって？　あなたは瓦礫《がれき》で足が動かないってのに」

そうね。でももっと命の危うい人がいる。ここまで来れたというのなら、その事だって知っているはずでしょう？

「上にいる、エンデール様とジャービス様を助けて」

「おやおや、あなたは？」

「あたしなんか後でもいいわ、これくらいなら痛くない」

骨は折れていないでしょう。だからまっすぐに上を見上げる。

まだあれは暴れていた。凝《こご》った闇が体をうごめかせて、壁を壊していく。その破壊音が今も響いていた。

という事は、エンデール様やジャービス様も生きている。

お願い、持ちこたえていて。死なないで。

エンデール様、ジャービス様。

心の中で名前を呼ぶ。祈るように願う。

あたしの頭に、二人の笑顔が浮かんだ。

「なんで、と聞いてもよろしいでしょうかね」

「あたしは、あの人たちに死んでほしくないの」

「そうなんですか」

イリアスさんは、この切羽詰《せっぱつ》まった状況をわかっていないみたい。飄々《ひょうひょう》とした態度を取り続ける彼に、あたしは問いかける。

「できない？」

あれには太刀打ちできない、と言われるかもしれない。

その可能性に気づかなかったあたしは馬鹿だ。

答えはすぐに返ってくる。

「いいや」

その声にあたしは安心した。

「……じゃあ願っていい？」

「なんなりと」

「あの人たちを助けて」

「仰《おお》せのままに、俺のお姫さん」

おとぎ話の騎士様みたいな事を、イリアスさんは言う。

「ただ、俺だけじゃあ無理だ。あなたの力を借りなきゃだめだ」

「え？」

「雷光の杖があるでしょう」

地面に転がった杖を見る。真っ二つに折れたそれは、まさに残骸。知らない人が見たらごみと言われそうな状態だ。

「壊れているわ」

こんな風に折れた杖に、何かできるとは到底思えないんだけど。

「でも、その杖はまだ死んでない」

死んでないって事は、杖が生きているとでも言うの？

「どういう事？」

あたしはいろいろ言いたい事を咽喉《のど》の奥に押し込んだ。今は好奇心を発揮している場合じゃない。

「そこに、陽光石《ようこうせき》の装置の核がある」

ちらっと見れば、それっぽい装置があった。台座の中央に宝玉らしきものがはめ込まれている。

「だから？」

「雷光の杖を発動させて、そこに突き刺してくれませんかね」

それをしたらどうなるの？　なんて聞かない。そうすれば、イリアスさんができる事をやってくれると言うのだから。

「瓦礫《がれき》はどかします、十数える間だけ、目を閉じて」

あたしは大人しく目を閉じる。

急に足が軽くなった。イリアスさんが瓦礫を持ち上げたらしい。あたしは瓦礫から足を引き抜く。

「さあ、装置のところへ行ってください！」

瓦礫を地面に戻したイリアスさんが、上に向かって走っていく音がした。目を開けても薄暗がりで、イリアスさんの姿なんて見えやしない。

それでもあたしは、雷光の杖を握り締めて立ち上がった。

足が痛い。でも、だからなんだというの。死ぬよりましよ。

イリアスさんの役に立てないよりましよ。

あの人たちと自分の足と、どっちが重要かなんて決まってる。

でも、左足は言う事を聞かない。無理矢理動かせば、痛みが脳天を突き抜けた。

あたしは左足を引きずって歩く。

早く急がなきゃ、急がなきゃ、急いで。

「あたしの足なんだから、大事な時くらい動きなさい！」

怒鳴ったら、少し痛みが引いた気がした。必死に歩いて、途中からは這《は》うように移動する。

そして、ようやくその装置の前に辿り着いた。

線香花火みたいな光が、一瞬だけ上を照らした。イリアスさんだ。

それまでエンデール様たちを狙っていたあれが、標的をイリアスさんに変えた。

もう一回火花が上がる。いかにも痛そうな爆《は》ぜ方だった。怒った〝それ〟が一気にイリアスさんに襲いかかる。

すると炎のような橙《だいだい》色の何かが、闇を一閃《いっせん》した。

あれは何。

目を凝《こ》らして見つめていると、正体がわかった。

一直線に闇を切り裂く橙の光。それが斬撃《ざんげき》だと遅れて気がつく。

炎の斬撃。そうとしか表現できない、闇を切り裂いていくもの。何かが凝《こご》った闇を切り裂いているんだわ。

でも、どんなに切り裂かれても、それはちっとも痛痒《つうよう》を感じていないんじゃないかしら。

斬られた体は、何度も本体の闇に戻ってまた攻撃を繰り返す。

とても弱っているとは思えない。

本当に、イリアスさんはあれをどうにかできるの？

それほどの効果はないように見える。でもその斬撃は繰り返される。

今はもう、〝それ〟の注意はイリアスさんにだけ向いていた。

不意にイリアスさんらしい誰かが、そこから大回廊に飛ぶ。

着地と同時に、彼がそれまでいた場所が叩き壊されるのが目に映った。

闇が苛立《いらだ》つように吼《ほ》える。まるで激しい痛みに悲鳴を上げるように。

実は、結構効いてるの？

あれは炎を見ると狂暴になるって、エンデール様が言っていた。炎はあれに、痛みを与えるのかしら。

わからない。あれを理解する事はできない。でもあれの咆哮《ほうこう》は、さっきよりも大きくなっていた。

ぐらぐらと大鉱山が揺れた。あたしの頭の上にも、ぱらぱらと何かが落ちてくる。

闇が大回廊に突進した。イリアスさんを狙って。もう彼しか見えていないみたいに。

あれは動物と同じなんだわ。それも、目の前のものしか追えないような知能の低い動物と。

だって、さっきまであんなに執着していたエンデール様とジャービス様を、凝った闇はもう完全に後回しにしていた。

目障りなものから排除するとでも言いたげに、今はイリアスさんだけを狙っている。

大破する大回廊。上から落ちてきた瓦礫《がれき》が、あたしの足の近くで粉々に砕ける。

そこまで見てから息を吸い、装置の方に向き直った。

今自分にできる事をするんだと、決意を込めて装置を見つめる。

何が起きても構わない。だってイリアスさんが、あたしに頼んできたんだから。

後悔するような事をさせるなんて、思わない。だから杖を振りかぶる。

杖にたまるはずの稲光が周囲を照らす。

稲妻たちの爆《は》ぜる音が次々と響く。

手が焼けそうに熱い。熱いなんてもんじゃない。

痛い、痛い、痛い！

火脹《ひぶく》れができていてもおかしくない。

それくらい痛くて、手を離したくなる。

でも、まだだめだ、イリアスさんが頑張っている。

あたしがこれしきの事であきらめてどうするの。

イリアスさんはあたしにならやれるって、信じてくれてる。だから、あたしも信じるだけ。

絶対にできるって、自分を信じる。

そうだ。負けない。痛みなんかに負けやしない。

「負けてたまるか！」

痛いのも苦しいのも全部、その杖に込めた。感情の爆発を感じたのか、雷光の杖がひときわまばゆく輝く。

「あああああっ！」

あたしは怒鳴る。杖を——最後の力を振り絞ったかのような杖の残骸を、装置の宝玉に叩きつける。

今までと比べ物にならない光量の稲妻が、杖からほとばしった。

その瞬間、あたしは弾き飛ばされて地面に転がった。衝撃のあまり一瞬息が詰まって、うずくまってしまう。

宝玉が雷光を吸い込んだのが、吹っ飛ぶ時に見えた。

ぱあっと世界が明るくなった。

周囲にいっぱいある、つやつやした石たちが、息を吹き返したように光り出す。

何が起きたの？

装置を見ると、音を立てて動いていた。

そして徐々に光り始めている。

そういえば、あれは陽光石《ようこうせき》の装置だ。

……陽光石の装置が動いた？　壊れたはずなのに？

って事は、主要な場所は壊されていなかったのか。

イリアスさんはどうしているのかと、急いで上を見上げる。

闇に慣れた目にはまぶしいほど明るい大鉱山。

大きな吹き抜けになった空間に、目がくらんだ鳥のように、あれが飛んでいる。

その闇は黒く小さくなっていく。

穴の開いた風船のように、体から闇を噴き出して縮んでいく。

のたうち回って苦しがって。

最終的に、とてもとても小さくなって下に落ちてきた。

そして、あたしの近くまで転がってくる。

「何……？」

よく見ようとすると、ものすごい勢いで誰かが階段を下りてきた。

「お姫さん、無事じゃねえな」

あたしを抱き起こす力強い腕に、笑い出したくなってくる。

すごく臭う。汗と血と、あとお風呂に入っていない人特有の臭いがした。不衛生ね。

どれだけ一生懸命ここまでやってきたの。それともここでの戦いで、これだけ汗をかいたのかしら。そのくらい頑張ってくれたの？

嬉しい。

来てくれて嬉しい。

ちゃんと会えて嬉しい。

生きてくれて嬉しい。

勝ってくれて嬉しい。

いろんな嬉しいが、胸に湧き上がってくる。

「イリアス。あたし、やれたわよ」

あたしが笑いかければ、髭面《ひげづら》の男は苦笑いをした。

「無茶をさせましたか」

その太い指が火脹《ひぶく》れのできた肌をなぞる。しびれているのか、あんまり痛みは感じない。

「あたしにもできる事、あったわ」

「そうですね」

「……ねえ、お願いしてもいい？」

「あんたの望む事なら、できるだけ叶えますよ」

「しばらく、あたしのそばにいて」

「……ええ。あんたが眠るまで、そばにいましょうかね」

これまで何度もあたしを助けてきた太い腕。たった一人の救世主様が、あたしを見つめながら言う。

「それじゃあ、あたし寝られないじゃない」

「そうですか？」

「だってあなた、目を離したらどっか行っちゃうんだもの」

そう言ったところで、こちらに走ってくる人たちが見えた。。エンデール様とジャービス様だ。

「無事ですか？」

「死んではなさそうだな」

二人の安堵したような声。彼らも傷だらけで血まみれで。でも生きていてくれた。結果オーライという事ね。

「イリアスを呼んでよかった」

心底そう思った。イリアスさんを、信じてよかったと。

その言葉に二人が目を丸くした。

それからイリアスさんを見て、あたしに目で説明を求めてくる。

「は？」

「え？」

「だって彼のおかげで、あなたたちを助けられたんだもの」

「お姫さん、あんた自分のためじゃなくて、この人たちのために俺を呼んだんですかい」

イリアスさんの呆れているみたいで、でもちょっと誇らしげな声が耳に届く。

真っ黒な隻眼《せきがん》が少し細められた。

笑ってくれてるのね。それとも俗に言う苦笑いってやつかしら。

「ええ」

あたしは正直に答える。

あなたを信じただけ。でも信じるって気持ちは、すごい奇跡を呼んでくれる。

それが証明されたような気分。奇跡って本当にあるんだと、そう思える。

「あなたを助けたかったんですけどね」

「ごめんなさい。でもあたし、どうしても二人に死んでほしくなかったの」

これだけははっきり言える。嘘じゃない。

たとえこの世界がゲームの世界だったとしても、あたしは知っている人を見殺しにはできない。

助けられる限り、助けたい。

きっとあたしは馬鹿なんだ。

でも、イリアスさんは全部わかっているという声で返事をくれた。

「そうでしょうね」

「ふふ」

笑っちゃう。イリアスさんの髭《ひげ》に手を伸ばす。そっと触れれば硬い毛が手をくすぐる。

もう何日、剃《そ》ってないの？

「俺の髭なんて面白かねえでしょう」

「あなたがいるから楽しいんだわ」

「俺は道化師じゃありませんよ」

「知ってるわよ、そんな事」

ややあってから、エンデール様が当然の疑問を口にした。

「……その男は誰だ」

あたしが答える前にジャービス様が言う。

「その方は、確か姫君の護衛でしたよね」

「……消えた男か？」

「そうらしいですね」

「ふん。消えたくせに戻ってきたのか」

なぜか不満そうなエンデール様。

「アリアに触るな」

「ですが殿下。血まみれの私たちよりも、姫様を抱えるには都合がよくありませんか」

「こいつも負けず劣らず血まみれだろう」

「確かに」

そんな会話を聞きながら、あたしの意識は途切れる。

「おやすみ、俺のお姫さん」

最後にその声が聞こえて、すごくあったかい気持ちになった。


目を覚ますと同時に、あたしはきょとんとしてしまう。

「ええと」

なんで男の人たちがあたしの寝ている寝台に突っ伏しているの？　あ、アリまで。

エンデール様にジャービス様にアリ。そんな三人が寝台の上に突っ伏していたのだ。

わけがわからないとしか言いようがない。

周りを見回しても、ここがどこだかまったくわからなかった。

見覚えのない調度品ばかりだけど、それなりに贅沢《ぜいたく》ね。バスチアのお城の私室よりも豪華だ。

あ、あれって確か超高級なカーテンだったような……

「目を覚ましましたかね、お姫さん」

室内をぐるぐる見回していたあたしは、声のした方を見やる。

夢じゃない。イリアスさんがそこにいた。

ああ、夢じゃない。そこに、あなたがいる。

あまり上流階級の服には見えない……いえ、間違いなく平民のための質素な服。そのあちこちから包帯をのぞかせて、イリアスさんが立っていた。

「あんた、よく眠ってましたよ」

「あ、そう？」

「いい医者に診《み》せようと、夏の首都まで運んできたんですが、あんだけ馬車に揺られても起きなかったんですから。そこの女官なんて可哀想でしたよ。真っ青になって看病していましたからね」

「あたしは……そんなに長い間寝ていたの？」

「今日で三日目。まあ、たった三日で目覚めたんですから、大した体力じゃねえですかね」

三日を長いと思うか短いと思うかは、人によるわね。あたしは長いと思うけど。

それはさておき。この状況って、どんな感じで出来上がったのかしら。

「エンデール様もジャービス様も、どうして寝台に突っ伏して眠っているの？」

「あなたが目を覚ました時に、そばにいたいと言って、どっちも譲らなかったんですよ」

「そう」

あたしは二人を見る。心配してくれたんだ。

「こんな事を思うのは不謹慎かもしれないけど……」

「ん？」

イリアスさんが先を促《うなが》してくれる。

「嬉しい。誰かに心配されるのって、こんなに嬉しいのね」

「お姫さん、ちいっとずれてませんかね」

「そう？」

「……まったく。危ないからやめろと言ったのに、観劇に行きやがって。さらにはあんなおっかないのがいる大鉱山まで。あなたというお人は、無茶な事ばかりする」

まったくもってその通りだ。でも――

「王魚の言葉の意味を確かめたかったの。でも、別にあたしだからできたってわけじゃないわよね、今回の事は」

やったのは雷光の杖を陽光石《ようこうせき》の装置に叩きつけた事でしかない。そんなの誰だってできる。

「いいや、あれはお姫さんだからできたんだろう」

「そんな、あたしが特別みたいな事言わないで。誰でもできたわ、あんなの」

「……自分の右手を見てもそれが言えますか？」

「え？」

「痛みませんか？」

右手を見ると包帯に覆《おお》われていた。言われてみればちょっと痛い。

「雷光の杖を握った時の火傷《やけど》かしら？」

確かに、あれはとっても痛かった。

「ひどいもんでしたよ。魔法薬を使ったって痕《あと》は残ると、医者が言ってました。普通、そんなひどい火傷《やけど》をして、まだ杖を持っているなんて事はできない」

俺だったら、とっくに手放していましたよ。

まっすぐにあたしを見て、イリアスさんが断言する。

あなたでもそうなの？　ありえない気がするけど、本人が言っているんだから事実なんだろう。

「そんなにすごい怪我なの？」

「ええ」

「……普通は杖を握っていられないくらいに？」

「ええ。それをあなたは根性でどうにかした。だから普通の人には、とてもできないって言ってるんですよ。あなたは大したお姫さんだ」

イリアスさんは複雑そうだった。誇らしげだけど呆れていて、今にもあたしを怒鳴りそうで。

「褒めてる？　貶《けな》してる？　それとも怒ってる？」

「全部です」

正直な人だ。そう、いつだってイリアスさんはあたしに対して誠実だ。

だから、あたしもこの人に嘘はつかない。

そこで思い出した。

クルセイダイスで会った時、どうして無視をしたのか。それを聞こうとした時だった。

「うう……」

身じろぎとともに、ジャービス様が起き上がる。

「パーティミウス姫！」

彼は起きているあたしを見て、大きな声を上げた。その後、王子様のように跪《ひざまず》く。

あたしも女の子だから、こういうのにときめく。顔が熱くなる。

ジャービス様は唇を歪めた。安堵からか泣きそうになっている。

「目を覚ましてくださってよかった……二度と目を覚まさなかったら、と」

「ごめんなさい、でももう大丈夫よ」

「そんなにひどい怪我をして……」

「これくらいどうって事ありませんわ。手なんて動けばいいでしょう？　それよりあなたの怪我は？」

あたしは少し意外だった。ジャービス様の体には怪我がなかったからだ。

鉱山にいた時は、あんなに血まみれだったのに。

「私の怪我は魔法薬を多少使うだけで治せました」

あたしを安心させるような声で、ジャービス様が言う。その後、顔を曇らせた。

「しかし、姫の肌にひどい傷が……私のせいです、あなたを守る事ができなかったから」

声を震わせて、今にも泣き出さんばかりのジャービス様。彼は無力なんかじゃないのに、自分を責めるような声で言った。

「そんなに気にしないでくださらない？　そういう顔をされると困ってしまいますわ」

どう慰めていいのかわからないから困る。

あたしは生きていて、あなたも生きていて、エンデール様も生きていて。それにイリアスさんも帰ってきた。立派なハッピーエンドじゃない。違うの？

そんなやり取りをしている間に、エンデール様が目を覚ました。

「……ありあ？」

いつもは剣呑《けんのん》な金色の瞳も、今はぼんやりとしている。

その目であたしの手を取っているジャービス様と、そばに控えているイリアスさんを見た。

「何をしている」

エンデール様は機嫌の悪そうな声を出した。きっと寝起きが悪いのね。

とりあえずあたしは彼に挨拶《あいさつ》する。

「おはようございます、エンデール様」

「ああ、おはよう」

あ、この人って挨拶すれば普通に返すんだ。知らなかったわ。

「痛むか」

あたしを見た途端、皆同じ事を言うのね。でも――

「……あなたの方がひどくない？」

頭には包帯を巻いて、頬にもガーゼを貼りつけていて、まさに満身創痍《まんしんそうい》。エンデール様の方がよっぽど重傷じゃないのよ。

「魔法薬は使わなかったの？」

顔の傷なんてそれで治るんじゃないの。ジャービス様は治ったみたいだし。

一国の王位継承者であるこの皇子様が、魔法薬をケチるとも思えない。

「俺は特異体質でな。魔法薬があまり効果を発揮しない」

彼はあっさりと言った。初めて聞いた体質だ。

エンデール様は一瞬自分の頬に触れた後、こちらに視線を戻す。

そして、もう一回聞いてきた。

「怪我は痛むか。ひどい火脹《ひぶく》れだったからな」

「それが、そんなに痛くないの」

「そうか、痛み止めが効いているらしいな」

その時、こつこつと扉を叩く音がした。

「エンデール殿下、姫はお目覚めですか？」

サディさんの声だった。

「ああ」

「では、あなたはお戻りください」

「まだ戻らなくてもいいだろう」

その会話から察するに、サディさんはエンデール様を迎えに来たらしい。

ああ、サディさんも無事だったんだ。よかった。

あの人が死んでしまったら、きっとエンデール様にとってもすごく辛いだろうから。

バルバロッサという人を失ったと言った時の、悲しげな顔を忘れられない。

あんなに苦痛に歪んだ顔は見た事がないわ。

「陛下が、祝賀会の事でご相談があるとおっしゃっています。急いでお越しください」

「父上は、今回の祝賀会のための会議で徹夜でもしたのか？　まだこんなに早い時間だぞ」

「徹夜されたのでしょうね……目が血走っていましたよ。とにかくお早く」

「すぐに行くと伝えておけ」

「はい」

扉の向こうで足音が遠ざかっていく。

「というわけで、俺はもう行かなければならない。お前はゆっくり体を休めろ」

「ありがとう」

「あと、アリに礼を言っておけ。身の回りの事は全部そいつがやった」

「言われなくても言うわ」

「ふん」

エンデール様はちょっと笑ってから、服の裾《すそ》をひるがえして出ていった。

それを見送っていると、ジャービス様が声をかけてくる。

「……あの、姫」

「なんでしょう？」

「エンデール殿下と、姫のご関係は一体？」

「ああ、二人とも古代文字が読めるという事で繋がっているんですわ。彼が古代文字で書かれた書物をいろいろ持ってきてくれたんですの」

あたしは嘘をついた。七ツの瞳の事とか、そんなのは絶対に言えない。

「そうですか。私にはとても親しく、気の置けない友人のように見えましたが……」

「そう？　光栄ですわ」

なぜかイリアスさんが溜息をついた。

そんなイリアスさんとは逆に目を輝かせて、ジャービス様が言う。

「あの方は本当にただのお友達なんですね？」

「そうだといいなあ、とわたくしは思っていますわ」

あの人が笑えるように、少しは手助けできたかしら。というか、さっき笑ってたわよね。

ちょっとは役に立てて嬉しい。

「あの人が笑えてよかった」

それを聞いて、ジャービス様がぎょっとした。何か変な事言ったかしら。

「姫様!!　目を覚ましたんですね!!」

急にハスキーヴォイスが響き渡り、アリが飛びついてくる。あたしたちの声を聞いて起きたのかしら。

心底嬉しそうに、アリは笑った。それはもう輝かんばかりの笑顔だった。

ジャービス様が交易に関する用事で部屋を出ていった後。あたしはアリに手伝ってもらって、お風呂に入った。

アリは泣きそうなくらい喜んでくれて、あたしが普段着ないような素敵な衣装を用意してくれた。それに着替えて、お布団でごろごろさせてもらう事にしたわ。

課せられた事は終わった。怪物は退治されてめでたしめでたし……よね。ここは重要だわ。

「ねえイリアス」

「はい」

「怪物は倒されたの？　いなくなったの？」

「大鉱山にはもういませんね。この三日間、小人たちが総出で怪しいものがないか全部探し回ったそうです。それでも、おかしなものも危ないものも見つからなかったとか。お姫さん、あなたが倒したんですよ」

じゃあ、あの時あたしのそばに落ちてきたものは、なんだったのかしら。もし依代《よりしろ》か何かだったとしたら、どうして見つからないんだろう。

でもなくなっちゃったんだから、もう大丈夫よね。

あたしがこの国でやるべき事は他にないわけで、これでいつでも帰れる。

今まで必死にやってきたから、ちょっと休息したって罰は当たらないでしょう？

「珍しく気を抜いてますね」

イリアスさんが言う。

「いろいろ終わったもの。最近古文書とにらめっこしたり本の山と戦ったりしてたから、しばらくお休み」

「そりゃがんばりましたね。俺なんて文字見るだけで嫌気がさしますよ」

「字は読めるでしょう？」

「まあ、人並みには」

「だったら日常生活に不自由はしないわね。まあ……あっちこっちの方言を文字にされたら、わたくしだってわけがわからないけど」

「ありましたよ、そういうの。旅の商人がその集落や地域の方言で書かれた看板とかを、翻訳してるんです。あれは面白かった」

何を思い出したのか、イリアスさんが笑い顔になる。そこで思いついた。

「そういえば、あなたがあちこち彷徨《さまよ》っていた時のお話って聞いた事がないわね。ねえ、面白い街とかあった？」

「そうですね、そういや話した事ないですね」

「そこの椅子に座って、お話ししてくれる？」

「しょうがないですねえ」

イリアスさんが、椅子を片手でつかんで寝台の脇に持ってくる。あたしはわくわくした。

この人の体験したいろいろは、どれだけ面白いんだろう。

旅暮らしの長そうな人だからやばい話を抜きにしても、いくつかは語れる事があるはず。

起き上がってイリアスさんを見上げる。

髭面《ひげづら》をくしゃっとさせて、イリアスさんが言った。

「どれがいいですかね、いっぱいありますよ」

「お二人とも、お茶菓子とお茶はいかがです？」

アリがにこにこしながら聞いてくる。

イリアスさんは風呂についてこないで扉の前で待っててくれていたから、アリは彼が常識的だって好感度を上げていた。

エンデール様はついてこようとしたらしい。アリ一人で意識のないあたしを清めるのは大変だと思ったそうだ。

ジャービス様は、エンデール様を止めて殴られかけたという。その喧嘩《けんか》らしきものを止めたのは、実力行使に出たイリアスさんだったとお風呂で聞いた。

他にもいろいろ、イリアスさんの好感度が上がるような事があったらしい。だから突如現れた下級市民の熊男にも、アリは親切だ。

「ううん、今はいらないわ。……そういえば、ここはラジャラウトスのお城なのよね？」

アリの言葉はすぐに返ってきた。

「はい。古文書の解読が終わったから、お城に姫様の部屋を用意しろと、エンデール様がおっしゃいまして」

「あたし、あそこでも十分だったのに」

「元々、一国の王女を泊める部屋にしてはあまりに粗末でしたから」

「そう？　快適だったわ」

「エンデール様が怒りますよ。せっかくいい部屋を用意したのに、前の部屋で十分と言われたら」

「じゃあ、秘密」

「秘密ですね」

あたしがそう言うと、イリアスさんとアリが頷いた。

「ええ、かしこまりました」

三人で顔を見合わせる。笑い出したのはあたしで、頬を緩《ゆる》めたのはイリアスさん。

目を細めて、ゆっくり唇を曲線にしたのは、アリだった。

「お姫様、お約束をしてくださらない？」

「何？」

「バスチアに帰る時、私も一緒に連れていってほしいのです」

「アリがいいなら」

「ふふ、あちらに行くのは久しぶり」

「行った事あるの？」

「幼い頃はあちらで育ったんです」

「へえ」

ラジャラウトスの身分の高い人に、お父さんか誰かが引き抜かれたのかしら。そういう出世の仕方で他国の貴族になる人もいるから、きっとそうなのね。

アリが真っ赤な目を嬉しそうに緩《ゆる》ませた。


あたしが目覚めて二日後。

「これだけ回復されれば、手の動きに支障はないでしょう」

お医者様がそう言った。あたしは右腕を動かして手を握る。たくさん巻きつけられていた包帯は、お医者様の手で外された。

途端に洒落《しゃれ》にならない引きつり方をした皮膚を見たわ。

火傷《やけど》の大きくて悲惨なやつ。よくまあ、皮が爛《ただ》れなかったものだ。

そこら辺は、優秀な魔法薬のおかげらしい。あたしは他国のとはいえ王族だから、いい薬をたっぷり使ったそうだ。

もちろん、そんな直接的には言われていない。ただなんとなく察しているだけ。

でもこんなによく効く薬でも、エンデール様にはあまり効果がないらしい。

だからあの人、体中に傷があるんだとか。今回の顔の切り傷も痕《あと》になるんですって。

お医者様は自分の手を見ているあたしに言う。

「すみません、どうしても痕が残ってしまって」

「お医者様のせいじゃないわ。こんなに早く包帯が取れてよかった」

「そうですか。不便ですからね」

「さすがに、本のページをめくるのもうまくできないっていうのは、ちょっと問題だったし」

「ではよかった。ですが、あまりお風呂に長く入らないでくださいよ」

「はい、わかりました」

お医者様が出ていくと、イリアスさんがあたしの腕をとった。そして痕をじっと見つめてくる。

「痕になっちまったな。予想はしていたんだが」

「あら、この程度じゃない。あなたのお腹の傷痕や、エンデール様の頭の傷よりずいぶんましよ」

「殿下の頭の傷は見えますがね、なんで俺の腹の傷まで知ってるんで？」

「え、やっぱりそうなの」

イリアスさんが息を吐き出した。それから聞いてくる。

「……まず、どうしてそう思ったんですかね」

「この部屋で一番最初に目を覚ました時、あなたの服の破れ目から包帯が見えたの。それも血の滲《にじ》んだのが。だからひどい怪我をしたんだと思ってたのよ」

「ええ、あの凝《こご》った闇に皮膚を引き裂かれましたからね」

「あなたは大丈夫なの？」

急に心配になってきた。それってどれだけの出血量の怪我だったのよ。あたしについていて大丈夫なの？　休んでた方がいいんじゃ。

「俺は体の頑丈さだけは誇れるんですよ、お姫さんが心配しなくても、もう、いつものイリアスですよ」

「そう、ならいいわ」

こつこつ。扉が叩かれてアリが現れた。

さっきまで隣の部屋でお裁縫《さいほう》してたのに。誰かお客様かしら。

「お客様です」

「通して」

「はい」

アリが何人もの女の人を招き入れる。なんだか皆さんきれいな衣装を持っているわね。

何かしら。何かあるのかしら。

あたしとイリアスさんがそろってそっちを見ていると、女の人たちが言った。

「お姫様、本日の祝賀会のご衣装です！」


あたしは今、パーティーの会場にいる。あの怪物を倒した事を祝う祝賀会だという。

きれいなドレスを着て艶《つや》やかな髪飾りをさしても不安でたまらない。

足の悪いあたしのために椅子が用意されていて、そこにちょこんと腰かけていればいいんだけど、皆してしげしげ眺めてくるから、少しも気が抜けない。

「とても殿下と並び立つほどの勇敢な女性とは思えない」

「でもひどい怪我……わたくしたちのために、まさに英雄ね」

「賢者姫は女傑《じょけつ》でもあったのだな」

そういう声が聞こえてくる。

別に勇敢じゃないわよ。確かに怪我の痕《あと》はひどいけれど。

女傑？　まさか。

思わず引きつったあたしに声をかけてくれる人がいた。

「お姫様、何か食べるもの持ってきましょうか」

そばに控えてくれているのは、小人の専属付添人。さっきからいろいろしゃべってくれていて、とっても気の利くすごい人。そしてどうしてかあたしに好意的だった。

「じゃあ、甘いものを少しだけつまみましょう」

「甘いものですね、ドワーフの作った甘いもの、食べてください」

するりと人ごみをくぐっていった彼が、きれいな見た目のお菓子をいくつも持ってきてくれる。

指でつまめるサイズで、一緒にお茶も持ってきてくれた。

「ありがとう、すごくきれいなお菓子」

宝石みたいとかいう言葉あるじゃない、まさにあれよ。ただのお菓子が芸術品に見えてくる。

あたしが褒めると、小人くんは胸を張った。

「ドワーフって、普段食べるお菓子はきれいにしないけど、こういう席では本気を出すのですよ」

自慢げに言われる。

口に入れたらすごいおいしい。

タルトはサクサク、クリームはとろけそう、スポンジやシフォンはふうんわり。クッキー生地はほろほろしていて口の中で消えていく。果物はジューシーで匂いがきつくも弱くもない。まさにちょうどいい感じ。ああ、イリアスさんに食べさせたい。あの人、熊みたいな見た目の通り、甘いもの大好きな人だから。

顔が輝くのが自覚できる。小人くんの顔もぱあっと明るくなった。

「すごい……とってもおいしい」

「ほんとですか、よかった」

「もしかして、あなたが作ったの？」

その得意そうな顔に思わず聞くと、照れくさそうに小人くんが笑った。

「ちょっとだけですけど」

「おいしいわ、あなた才能があるのね」

「えへへへ。お姫様に褒めてもらうの嬉しいです」

「ねえ、さっきからずっと気になっているのだけれど、このお城の意匠《いしょう》はどうしてこうなっているの？」

天井画に王魚らしき魚人がいないから、聞いてみたのだ。

大きな王冠を被った立派な魚が一匹いて、いろんな魚に崇拝されているけれど。

「これは第一期宝財職人エルシュガノフの得意とするもので……」

小人くんが語り始める。あたしを遠巻きにして誰も話しかけてこないから、ちょうどいい。するする話す彼の言葉を、一生懸命聞いていく。

第一期宝財職人のエルシュガノフは、王魚に会った事が一度もないのに王魚を描かなくちゃいけなくて、頑張ったのだという。

あの大鉱山にいたであろう小人が湖の王魚に会うのは難しいだろう。そりゃ大変だったはずだ。

そんな話が一段落した時だ。

「ラディース。ここにいたのか」

エンデール様が挨拶《あいさつ》回りを終わらせて、こっちにやってきた。今気づいたといわんばかりの表情をする小人くん。

「あ、坊ちゃん」

「坊ちゃんはよせ」

「私より七つも年下のくせに」

「うるさい童顔」

エンデール様が吐き捨てるような調子で言う。

ちょっと待て。今聞き捨てならない事を聞いた。

「ええっと……あなたいくつ？」

思わず小人くんに聞いたら、驚愕《きょうがく》の返事が返ってきた。

「二十五です」

びっくりした。とてもそうは見えない。多めに見積もっても十三歳よ。それくらいにしか見えない。

あたしはびっくりしすぎていたらしい。エンデール様がにやりと笑ったのだ。そして、ラディースさんを示して言う。

「童顔だろう、そいつは」

「あ、お姫様、あんまり気にしなくていいですからね。言われ慣れてますから」

「あ、うん……」

人は見た目で判断しちゃいけませんって、こういう時実感する。

「宴は楽しいか」

「最初に皆さんの前に立たされた時は、死ぬかと思ったわ」

「あれをどうにかした功績者が、讃《たた》えられないでどうする」

まあ、そうなんだろうけれど。たくさんの人の前で一礼するの、すごく恥ずかしかった。

うっかり、イリアスさんを呼びそうになったわよ。

「……ちょっと来い」

エンデール様がそう言い放って、歩き出す。

「何？」

「……」

そうして連れてこられたのは、バルコニーだった。優雅な月が二つ浮かんでいる。染めたような濃紺の空に、星が細かい銀の砂粒のように光っていた。

電気のない世界だから、この星空がきれいだって事わかる。月明りや星明りが貴重だって事も。

「……ずいぶんと、痕《あと》が残ったな」

あたしをじっと見てから、エンデール様が呟《つぶや》いた。

そういえば、包帯を取ったのは今日だから、エンデール様はこの痕をまだ見ていなかった。

「思った以上に痕になった」

あたしの手を取って呟くエンデール様。そっと、壊れ物みたいに右手をなぞる。傷痕《きずあと》をなぞられると、少しくすぐったい。

「動けるから大丈夫よ」

笑って言ったら唐突な言葉を投げつけられた。

「嫁に来い」

「へ？」

「これのせいで嫁のもらい手がなくなったら、俺のところに嫁に来い」

「あ、ありがとう」

確かに、これだけの傷痕がある相手に、貴族は進んで求婚なんてしないだろう。

王女が行き遅れたら、修道女になるというパターンがこの世界ではよくある。

でも、あたしが行き遅れる事が決定するまで、エンデール様が結婚できないというのはいただけない。

だって皇太子じゃない。皇太子の婚期が遅れるなんてよくないわ。

「でも、それで結婚を先延ばしにしたりしないでね。あたし、すぐにお祝いに駆けつけるから」

「ああ」

急いで言えば頷かれて、ほっとする。そしてバルコニーから何気なく下を眺めて……呆気にとられた。だってそこには、ひときわ美しい花が咲いていたのだ。

「お姉様がいる」

「お前の姉？　そういえば招待したような」

「早く言ってよ、何さらっと言ってるの」

「別に悪い事をしたわけではないだろう」

急いで階段を下りて……と言っても普通の人が下りるくらいの速度でだけど、たくさんの人たちが集まっている場所に近づいた。

「お美しい。バスチアにこんな至宝が存在していたとは」

「ありがとうございます」

「ぜひお話を」

「ええ、ありがとう。でも私、人を探しているので、後でもよろしいかしら？」

「もちろん。どのような方を探しておいでで？」

そういったモテモテな会話が聞こえきた。あたしが現れると人垣がざわつく。

「バーティミウス？」

誰かが言う。途端に人垣がぱっと割れて、美少女が現れた。

薄緑という色はこの人のためにある。それくらいに、薄緑の衣装がよく似合う。ティアラのプラチナにも負けない白金《はっきん》の髪と、鮮やかなエメラルドグリーンの瞳をした美少女が立っていた。

今日のクリスティアーナ姫は盛装をしている。ティアラも見覚えのない意匠《いしょう》だし、ドレスだってこれだけ豪華なスタイルはめったにない。

もっとも、クリスティアーナ姫があたしの知らないドレスや宝石を持っていたって、何もおかしくないんだけれど。彼女の気を引こうと、男たちは勝手に贈り物競争をしているからだ。

「お姉様、いらしていたのですか」

ええ、と煌《きら》びやかな彼女が頷いて微笑んだ。王族としての完璧な笑顔。周りの男の人たちの多くが顔を赤らめたくらいに、破壊力のある微笑みである。

「久しぶり、バーティミウス。ひどい怪我をしたと聞いたから、ずっと探していたのだけれど、見つからなくて……思ったより元気そうでよかった」

嬉しそうにクリスティアーナ姫が言った。そりゃ、これだけ男に群がられたら探しようがないだろう。美少女も大変だ。

「アリア、それが噂《うわさ》に名高い姉姫か」

あたしとクリスティアーナ姫が手を取り合っていると、エンデール様が話しかけてくる。

「初めまして、私はクリスティアーナ・ディアーヌ・ルラ・バスチアと申しますの」

ヒロインが完璧な一礼をする。

エンデール様は心底どうでもよさそうな顔だ。まさに無関心といった感じの顔。

一国の第一王位継承者にそんな顔してどうするのよ。まあ、バスチアはラジャラウトスから見ればちっさい国なんだけど。

「申し遅れました、私はエンデール・エンフ・バルド・ラジャラウトス」

でも一礼は王家にふさわしい整い方で、完璧な美貌《びぼう》のヒロインはぼうっとエンデール様を見つめ始めた。

……あれ？　もしかして、クリスティアーナ姫が恋に落ちた？

え、隠しルートに出てくるのは傾世《けいせい》のソヘイルで、この人じゃなくお兄様でしょ？

でもこの世界、いろいろおかしいし……ありっちゃありなのかしら。

確かにエンデール様って男前だしね。

そんな事を思っていたら、ダンスのための楽曲が始まった。

「あなた、踊ってくださらない？」

すぐそばから声がした。見れば、上流階級の女の人が男の人を誘っている。

「この国では、女性が男性をダンスに誘うのが常識なんです」

驚いていたら、近くの男性が教えてくれた。

それを聞いたクリスティアーナ姫は、エンデール様に近づいて完璧な一礼をした。

「私と、踊っていただけませんでしょうか？」

エンデール様がこっちを見たから、あたしは大丈夫と頷く。

「お姉様は、とても上手にダンスを踊りますよ」

人前だから、エンデール様相手でもきちんと敬語を使った。

「……お前はいいのか」

一瞬だけ妙な間があったんだけど、別に友達と姉が踊っていたからって邪魔をしたりはしない。

誕生日のあれは、本当に非常事態だったのよ。

「ええ」

「では」

エンデール様がクリスティアーナ姫の手を取る。

どこの誰にも負けない滑らかな動きを見せつけて、エンデール様が踊りの中に入っていくから、どよめきが大きくなった。

女嫌いすぎて笑えないあの人が、女の人と踊ったらどよめくわ。

でも、やっぱり女の人と踊るのは嫌らしく、顔が怖い。すごい怖い。

一国のお姫様にダンスを申し込まれて断ったら問題だから、きっと仕方なく応じたんだ。

これがゲームなら、きっとエンデール様もクリスティアーナ姫の事を好きになるんだろうけど。

そこらへんどうなんだろう。ゲームとあちこちかけ離れすぎていて、よくわからない。

「美しいお姉様ですね」

皇太子と王女の華麗なダンスを見ながら、貴婦人が話しかけてきた。

「ええ。わたくしのお姉様は、三国一の美女なの」

「バスチアは幸せですね。美しい女王と、それを支えられる女傑《じょけつ》にして賢者の姫君を持つのですから」

「そうかしら」

歓声が上がった。踊り終わった二人が離れる。

エンデール様は未練がないらしい。でもクリスティアーナ姫の目は、まだ彼を見つめていた。

そして彼女の口から、あたしの帰郷命令が下されたと聞いたのは、そのすぐ後だった。


帰郷命令を聞いてすぐ、あたしは部屋に戻って荷作りを始めた。

「イリアス、あれ持ってきて」

ただしゃべっている時間が惜しいから、イリアスさんに指示を出した。

「はいはい」

そう言いつつイリアスさんがいろいろなものを持ってくる。エンデール様がくれたいろんなものだ。

「次、あれ詰めるから」

あたしは油紙に包まれている、古代クレセリアの古文書を指さした。下着とかはさすがに見られたくないから自分で持つけど、古文書は嵩張《かさば》るし重いしイリアスさんに持ってもらいたい。

「持てますか」

「あなたに持ってもらうわ」

そう言っているうちに、あたしはトランクを一つ詰め終わった。

お父様からの帰郷命令が本当に急すぎるわ。もうちょっと考えて命令出してほしい。こっちの予定ってものをなんにも考えていない命令ってのは本当に厄介。

でもクリスティアーナ姫が言うには、お父様は今回の怪我の事を聞いて、心配になって呼び戻す事にしたらしい。

留学という名目で追い出したくせにね。

それでも放ったらかしにしたらしたで、外聞《がいぶん》悪そうだし。実に微妙な問題だわ。

王族って大変だと思いつつ、エンデール様がくれた童話集をトランクに詰める。

第一図書館に入り浸《びた》ってたら、「そんなに気に入ったならくれてやる。俺は中身を覚えているから」と言ってくれたのだ。

「お姫様、こっちは」

「詰めて」

あたしはアリにも指示を出す。

ちなみにクリスティアーナ姫がラジャラウトスに来た目的のうちの一つは妹を連れ戻す事らしく、一緒に帰ると言っている。

帰るのを嫌がると思われていたのだろうか。別に国に帰るのは嫌じゃない。でも、ここ居心地いいのよね……水道が通ってるし。水道職人、こっちから引き抜けないかしら。

「私も行っていいんですよね？」

アリがそんな事を言い出す。いまさら何を言っているのか。連れていく気満々だったんだけど。

「約束したじゃない」

「そうですね」

アリは自分の荷物の他にあたしのものまで詰めなくちゃいけないのに、実に手際がいい。

どこから聞いてきたのか、他の女官さんも手伝ってくれていた。

「アリ、これは？」

一人の女官さんがアリに聞く。

「それはこちらに」

「こっちは、あれは？」

「お姫様、これらは？」

「それは持っていけない。イリアス、ここの箱をきちんと積み上げて！」

あたしはすぐ指示を出す。

そうして夜中に決行した荷造りは、明け方に終わった。

疲れて屍《しかばね》になりそうなあたしたちは、それでもやり切った笑顔をお互いに向ける。

そして翌朝、クリスティアーナ姫の馬車とは別に荷物用の馬車を用意してもらって、そこに荷物を積めた。

さあ、行くかと馬車に乗り込もうとした時。

「お姫様！　まって、まってぇ！」

小人の……ラディースさんが転がる勢いで走ってきた。

「これを、持っていって！　ほんとはもっといろいろあるんだけど、まだ出来上がってなくて。お願いです、これを持っていってください」

渡されたのは、杖。こっちでもらった杖は、大鉱山で落下した時に壊れてしまった。

だから急場しのぎの杖を使っていたと、小人は知っていたらしい。

今回の杖もやっぱり魚の王をあしらったものだった。ただ、ちょっと細工が緻密《ちみつ》になっている気がする。

「これも、中に何か仕込んであるの？」

「はい。短剣を」

ラディースさんが泣き出しそうな顔で言う。

「必ず届けます。出来上がったら、いっぱい、坊ちゃんのお姫様に、お届けします、待っててください、必ず」

「そんな事しなくても」

ものが欲しくてやったわけじゃない。ただ自分にできる事をしたかっただけで。

お礼欲しさなんかじゃない。お礼が欲しいなんて思いもしなかった。

でも、小人には小人の流儀があるらしい。

「私たちは、贈り物でしか感謝の気持ちを表せないんです。いっぱいいっぱい感謝してるんです、だから」

だからあなたにだけは、ありったけの感謝をささげたいのですと、ラディースさんが言う。

「ええ……楽しみに待たせてもらいましょう」

そう言って、言葉を見つけられない様子の小人に笑いかけた。

「お菓子、おいしかった。今度来た時も作ってほしいわ。素朴なお菓子」

「はい！」


そしてバスチアアに帰国して一か月がたった、ある日の事。

「陛下がお呼びです」

女官アリの言葉に、自室でくつろいでいたあたしは立ち上がる。

女官の三人は見事な連係プレイで、あたしの格好をお父様の前に出ても問題ないように整えてくれた。

「何の用事かしら」

あたしの問いかけに、ヴァネッサもシャーラさんも首をかしげている。アリが自信なさげに答えてくれた。

「ラジャラウトスに関する事だとは聞いています」

「ふうん。イリアス、用意はいい？」

「いつでも」

椅子に座って焼き菓子をぱくついていたイリアスさんが、すっと立ち上がった。

小人たちからは、時々手紙が来ていた。エンデール様の事もいろいろ教えてもらっているけれど、お父様に呼び出されるような事に心当たりはない。

そう思いながら玉座の間に行くと、クリスティアーナ姫もいた。

何かしらと二人で首をかしげると、ラジャラウトスの貴族らしき人があたしたちを見た。

「初めまして、使者のロットーと申します。いや、実にお美しい」

すっかり聞き慣れたクリスティアーナ姫への賛辞。もうそれを悔しいとは思わない。だって次元が違いすぎるんだもの。

「これは、小人たちも腕の振るい甲斐《がい》がありましたな」

小人たちがクリスティアーナ姫の美しさに感銘を受けて、何か贈り物を作ったのだろうか。

それはどんなものだろう。あたしも楽しみだ。見るだけなら罰《ばち》なんて当たらないでしょ。

「では、これを」

ロットーさんが、小さな箱を差し出してくる。

「……え?」

「え?」

あたしだけでなく、玉座に座るお父様も目を見開いていた。

膝を折り、最大級の敬意を払って箱を差し出されたのは、平凡な見た目の王女。

そう、このあたしだった。

「どうぞ、お開けください」

ロットーさんは当然という顔で、あたしに促《うなが》してきた。

「え、あの……」

混乱しているあたしを、ロットーさんが急《せ》かす。

「ぜひ、感想をお聞かせいただきたく。姫様の感想を国に持ち帰らなければ、私めは小人どもに殺されてしまいます」

驚くべき事に、本当にあたし宛ての贈り物らしい。

思い切って箱を開けると、中には金の髪飾りが入っていた。薄青色の宝石が煌《きら》めく、精緻《せいち》な彫刻が施《ほどこ》された髪飾り。

きれいだった。すごくすごくきれいだった。あたしにも一目でわかるくらい、高価なもの。売れば一国の王様の身代金にだってなりそうだ。

あたしなんかにはもったいない。

「お気に召したようで。これなら小人らも喜びましょう」

あたしの反応を見て満足したらしいロットーさんが、手を振って部下の人に合図する。そうしたら贈り物の箱が追加で持ってこられた。

「これは……すべてバーティミウスへの贈り物か？」

お父様は怪訝《けげん》そうな声で言う。

あたし一人に贈るには、量が多すぎるからだろう。

「七ツの技持ちを代表する腕利きの小人たちが、我も我もと言って姫君のために作ったのですよ」

「すげえな……」

近くに控えていたイリアスさんが、思わずといった風に呟《つぶや》いた。

あたしもおんなじ気持ちである。

「小人たちから救国の姫君への贈り物は確かにお渡ししました。どうぞお納めください」

「ああ」

お父様が慌てて返事をした。

「では、本題に移らせていただきましょう」

ロットーさんは封書を取り出し、それを読み上げる。

時候の挨拶《あいさつ》とか、そういう決まった言葉が続く。その後が問題だった。

「……ラジャラウトス皇太子、エンデール・エンフ・バルド・ラジャラウトスは、バーティミウス・アリアノーラ・ルラ・バスチアに結婚を申し込みます」


あたしは呆気にとられた。

ちょっと、あたしを嫁にもらうのは行き遅れたらって話じゃなかったの？

エンデール様ってば、一体何を間違えたのか。

あたしが絶句している間に最後まで読み切ったロットーさんが、お父様に恭《うやうや》しく封書を渡す。

お父様はぽかんとしていた。

クリスティアーナ姫も、凍《こお》りついたような顔をしている。

ありえない話を聞いた、という顔。あたしだって、ありえなすぎてびっくりよ。

ただ一人、ロットーさんだけが平然としていた。

「どうぞ、色よい返事を待っております」


よくわかったわ。

この人生は、決して平穏にはいかないって事なのね。

いいじゃない、やってやろうじゃないの。一度どころか何度も死にかけているんだもの。運命が終わってこの命が尽きるまで、この世界としっかり向き合って生きていくわよ。

RC Regina COMICS
シリーズ累計
29万部
突破!!
詐騎士 1
大好評発売中!!
SAGISHI
Presented by Kaitoko
Comic by Natsumi Asa
Volume One
原作 かいとーこ
漫画 麻 菜摘
アルファポリスWebサイトにて
好評連載中!
待望のコミカライズ!!
ある王国の新人騎士の中に、一人風変わりな少年がいた。傀儡術《かいらいじゅつ》という特殊な魔術で自らの身体を操り、女の子と間違えられがちな友人を常にフォローしている。しかし実は、その少年こそが女の子だった！　性別も、年齢も、身分も、余命すらも詐称。飄々《ひょうひょう》と空を飛び、仲間たちを振り回す――。そんな詐騎士《さぎし》ルゼの偽りだらけの騎士生活！
性別、年齢、身分、余命、
すべて詐称!?
その騎士、実は女の子!?
シリーズ累計29万部突破 新感覚ファンタジーコミカライズ!!
アルファポリス 漫画
検索
B6判／定価：本体680円＋税
ISBN：978-4-434-22063-0

家具付（かぐつき）

日本で二番目に大きな湖がある県に在住。2016年に「死にかけて全部思い出しました!!」で出版デビュー。縄文時代などの石器や文化にロマンを感じているが、書いているものには反映されない。

イラスト：gamu

本書は「小説家になろう」（http://syosetu.com/）に掲載されていた作品を、改稿のうえ書籍化したものです。

死《し》にかけて全部《ぜんぶ》思《おも》い出《だ》しました!!

家具付（かぐつき）

2016年8月4日初版発行

編集－及川あゆみ・羽藤瞳
編集長－塙綾子
発行者－梶本雄介
発行所－株式会社アルファポリス
〒150-6005東京都渋谷区恵比寿4-20-3恵比寿ｶﾞｰﾃﾞﾝﾌﾟﾚｲｽﾀﾜｰ5F
TEL03-6277-1601（営業） 03-6277-1602（編集）
URL http://www.alphapolis.co.jp/
発売元－株式会社星雲社
〒112-0012東京都文京区大塚3-21-10
TEL 03-3947-1021
装丁・本文イラスト－gamu
装丁デザイン－ansyyqdesign
印刷－大日本印刷株式会社

価格はカバーに表示されてあります。
落丁乱丁の場合はアルファポリスまでご連絡ください。
送料は小社負担でお取り替えします。

ISBN978-4-434-22225-2 C0093